여자의 속마음

여성 암환자와 중년 기자의 희망 메시지

여자의
속마음

초판 1쇄 인쇄 | 2010년 11월 10일
초판 1쇄 발행 | 2010년 11월 20일
지은이 | 오풍연
발행인 | 황인욱
발행처 | 圖書出版 오래

디자인 | 피앤피디자인(www.ibook4u.co.kr)
주　소 | 서울특별시 용산구 한강로2가 156-13
이메일 | ore@orebook.com
전　화 | (02)797-8786~7, 070-4109-9966
팩　스 | (02)797-9911
홈페이지 | www.orebook.com
출판신고번호 | 제302-2010-000029호

ISBN 978-89-94707-13-6 (03810)

*책값은 뒤표지에 있습니다.
*잘못 만들어진 책은 구입하신 서점에서 교환해 드립니다.

여성 암환자와 중년 기자의 희망 메시지

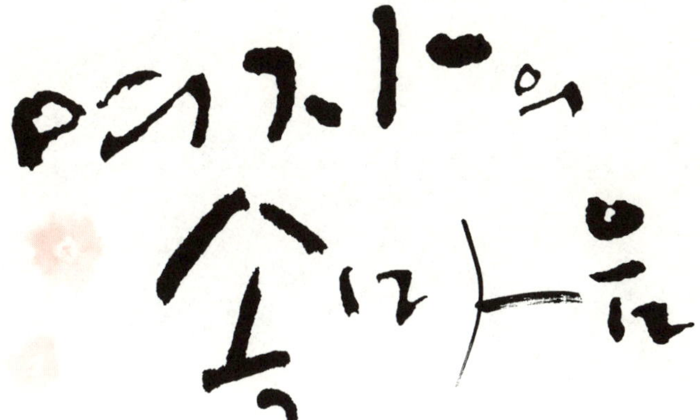

여자의 속마음

오풍연 지음

圖書出版 오래

첫 번째 낸 에세이집이 『남자의 속마음』이다. 이후 여러 사람에게서 같은 질문을 받았다.

"'여자의 속마음'은 언제쯤 내실 겁니까?"

솔직히 내고 싶었다. 그런데 어찌 여자의 속마음을 알 수 있으랴. 뜨거운 연애를 해본 적도 없고, 딸자식도 없고, 오직 아내뿐이어서 자신이 없었다. 가끔 여성 지인들을 만날 때도 있다. 한번은 신문에도 종종 기고하는 여성 사업가와 점심을 함께한 적이 있다.

"저와 동업을 해보지 않으실래요? '여자의 속마음'을 내봅시다."

그 사업가는 웃으면서 "그러자"고 화답했다. 물론 농담으로 받아들였다. 여자의 속마음은 아무리 들여다보려고 해도 내 재주론 불가능했다. 더욱이 글로 옮긴다는 것은 엄두조차 나지 않았다.

그러던 차에 암 투병 중인 여성 독자에게서 한 통의 메일이 날아왔다. 졸저 『남자의 속마음』을 보고 보낸 것이었다. 보통 글솜씨가 아니었다. 오히려 작가임을 자처하는 나보다 훨씬 나았다. 너무 감사한 나머지 짧은 답신을 보냈다. 그것으로 끝날 줄 알았다. 그런데 이후 잊을 만하면 메일을 보내왔다. 물론 그때마다 답장을 보냈다. 용기를 잃지 말라는 것이 주된 내용이었다.

한 통, 두 통 편지를 나누다 보니 어느 정도 그분의 현주소를 알게 됐다. 내가 굳이 소개하지 않더라도 글을 통해 독자 여러분도 느낄 수 있을 것으로 본다. 더 이상 말이 필요 없을 정도로 정갈한 문체와 심성을 그대로 드러내 보였다. 그래서 여자의 속마음을 어느 정도 알게 됐다. 여기에 자신을 얻은 것은 바로 나다. '여자의 속마음' 을 낼 수 있겠다는 생각이 퍼뜩 들었다.

대형 출판사에 계시다 독립한 지인이 있다. 그분에게 내가 쓴 원고와 암환자에게서 받은 메일을 보냈다.

"형님, 원고를 일독해 주세요. 암환자분이 보내주신 메일도 햇빛을 봤으면 좋겠습니다. 부탁드립니다."

이튿날 바로 연락이 왔다.

"나도 큰 감동을 받았네. 책을 내기로 하세."

내 기분이 어떻겠는가. 정말 하늘로 날아갈 것 같은 기분이 들었다. 집으로 돌아오는 내내 혼자 웃었다. 암투병 중인 환자분에게도 소식을 알렸다.

"누님(친누나와 동갑이어서 그렇게 호칭함)이 보내주신 글도 책으로 나올 것 같네요. 더 용기를 내셔야 합니다."

책이 나오면 가장 먼저 누님이 살고 계신 인천으로 날려갈 참이다. 아직 얼굴은 뵙지 못했다. 전화만 가끔 나눌 뿐이었다. 찾아가면 나를 반겨줄 것으로 확신한다. 워낙 의지가 강한 분이기에 암도 이겨낼 것이다. 여러분도 글을 읽으면서 그분에게 힘을 보태줄 것으로 믿는다.

이 책이 나오기까지 큰 도움을 준 도서출판 오래 황인욱 사장님과 한성출판기획 편집팀에 고마움을 전한다. 2011년 5월 제대하는 아들 인재에게도 뜻 깊은 선물이 되었으면 하는 바람이다. 이 한마디는 꼭 하고 싶다.

"인생은 살맛이 납니다. 절대로 포기하면 안 됩니다."

2010년 11월
오풍연

'alfomom' 과의 첫 인연

　우연히 『남자의 속마음』이란 책을 읽게 되었습니다. 기자에 대한 편견이 있었는데, 선생님 글을 읽으면서 '이렇게 마음이 소박한 기자도 있구나' 하고 제가 성급한 일반화의 오류에 빠졌었다는 생각을 했습니다. 기자는 참 몹쓸 직업이라고 생각했었거든요. 아무튼 사람 나름이라는 생각을 하게 되었답니다. 선생님 글을 읽다가 블로그를 검색하게 되고, 블로그의 글도 전부 다 읽어보게 되었습니다.

　관심을 가지게 되면 좋기도 하지만, 다른 한편으로는 불편한 것도 사실이기에 댓글을 달면서 예의를 갖추어도 마음을 상하게 하지 않으실 분이란 확신이 들어서 메일을 보냅니다. 웹상에서도(?) 예의가 필요하기에 일방적인 노출을 하고 계신 선생님께 예의상 저의 간략한 소개를 드리는 게 좋을 거란 생각이……, 저 혼자만의 생각인가요? ㅎ~

저는 숙명여대 73학번이고 사는 곳은 인천이며, 장성한 두 딸의 엄마입니다. 취미는 책 읽기와 일기 쓰기(ㅎ~ 일기 쓰기가 취미라니까 좀 웃기네요). 그리고 몇 년 전 암으로 남편을 먼저 하늘나라로 보내고 나서 결혼하고는 그만두었던 사회생활을 다시 시작한 지 얼마 안 된 사회초보입니다.

설상가상으로 험한 사회에 나와 보니, 남편 그늘에서 편히 살던 저에게 사회생활은 너무 혹독했습니다. 그러다 보니 원치 않는 병을 얻어 지금 항암치료를 시작한 지 4년이 되어가네요. 물론 직장은 그만두고요. 올해 딸들이 대학을 졸업하고 취업을 해서 겨우 생활을 하고 있는 중입니다만, 사람들이 생각하는 것처럼 불행하지는 않습니다. 매일 행복하게 잘 살아가고 있습니다. 행복은 가진 것에 좌우되는 건 아니니까요.

다른 작가들과는 달리, 사소한 일상을 꾸밈없이 소박하게 표현하는 선생님의 글은 아주 매력적입니다. 하루 이틀 연습하거나 또는 가식으로 표현하기 어려운, 흔히 젊은 애들이 말하는 내공에서 나온 것임을 쉽게 알 수 있었습니다. 꾸민다고 되는 게 아닌 것이 우리 인생살이 아닙니까. 그런 의미에서 참 소박한 선생님의 글이 인상 깊었던 게 아닌가 싶습니다.

진솔한 글에서는 그분의 인격이 묻어나와 참 흐뭇합니다. 선생님의 글을 읽을 때 느껴지는 따뜻함은 사람을 존중하고 아끼는 선생님의 고운 심성이 그대로 드러나서 사람을 편하게 하는, 그것은 저만 느끼는 건 아닐 겁니다.

아무쪼록 수수한 글들을 계속 볼 수 있기를 바랍니다. 종종 방문하여 댓글을 남기더라도 주책스런 사람으로 보이지 않았으면 좋겠습니다. 제가 좀 솔직한 걸 좋아해서 푼수처럼 보일수도 있을 거 같아서요. ㅎㅎ~ 또 그렇게 보인다 한들 어떻습니까? 속을 들키지 않으려는 똑똑한 사람들 틈에서 바보처럼 속내를 보인다 해도 그런 바보가 있어야 살맛나지 않을까요?

'alfomom'은 저의 가족과 함께 평생을 보내고 있는 강아지 '미래'의 엄마란 뜻으로, 제가 대화명으로 즐겨 쓰는 이름입니다. 제가 솔직한 걸 워낙 좋아하다 보니 말이 많아졌네요. 종종 선생님 블로그에 가서 글 읽고 댓글 달 때 불필요한 궁금증을 해소시켜드리려는 마음 때문으로 이해해주세요.

보기 드물게 따뜻하고 수수한 분을 알게 되어 참 기쁩니다. 평안하십시오. ^^

Contents

제2장 살아가는 이유

제3장 사랑하는 사람들과

제1장
아름다운 세상

저도 이제부터라도 제 주변의 사람들에게 좋은 사람이 되어주어야겠습니다.
노력하면 되겠지요. 그 비결이 희생과 배려에 있다는 걸 가르쳐주셔서 감사합
니다. 떠나간 후에야 히스클리프를 정말 사랑했다는 걸 뒤늦게 깨달았던 캐시
처럼 우리는 어쩌면 시간이 흘러야 진실을 아는 어리석은 존재인 듯합니다.

　답장 주셔서 감사합니다. 글에서 느낀 바대로 참 겸손하신 분이시라는 생각이 듭니다. 대체로 사람들은 잘 알지 못하는 사람과 대화하기를 꺼려하거나 대화를 해도 그 속에 거부감을 가지고 있는 것이 대부분이던데, 오 선생님은 24년 기자생활 속에서도 삶의 원칙을 잃지 않고 간직하신 분 같습니다. 세파에 휩쓸려 자기 영혼을 파는 행동을 쉽사리 자행하는 일을 무수히 보게 되는데, 선생님은 좀 달라 보입니다.

　좋은 사람을 만나 이야기하는 것은 그것이 비록 글로나 온라인에서라고 해도 마음을 참 따뜻하게 해준다는 걸 알기에, 오늘은 아침부터 기분이 좋아집니다. 그런 순수함을 잃지 않은 마음이 사람들의 공감을 불러일으키는 좋은 글들로 탄생하는 게 아닌가 하는 생각이 듭니다.

　오 선생님은 반드시 좋은 작가로 독자들의 마음에 남을 것입니다. 독자가 늘어나고, 발간하는 책의 권수가 늘어난다 해도 지금처럼 소박한 글들이 계속 나오기를 바라고 있습니다. 인기에 영합하지 않되 따뜻함을 잃지 않는 글들을 계속 써주시기 바랍니다. 어둠이 깊을수록 빛은 더 드러나기 마련이니까요.

　저 같은 사람이 할 말은 아닌 것 같지만, 새로 뽑힌 총리의 사진을 보면서 가슴이 서늘해졌습니다. 사진 몇 장으로 사람을 알 수는 없겠지만 보는 순간 왠지 저도 모르게 기도가 나옵니다. 지금 우리나라에 덕치가 필요한데 누가 그 자리에 희생을 할까?

‘부디 대통령과 총리를 비롯한 백성의 대표들이 나라를 대표해서 결정권을 행사할 때 오판하지 않도록 도와주십시오’ 라고 기도합니다.

제 눈에는 보이지 않지만 어딘가는 날카로움을 감싸는 덕을 지닌, 나라를 사랑하는 충신들이 숨어있으리라 기대해봅니다. 선생님도 맡은 자리에서 그 덕으로 감싸 안으실 분으로 생각이 되는군요. 사람을 아끼고 사랑하는 마음을 가진 오 선생님을 위해서도 기도하겠습니다. 사실 선생님의 답장을 받고 매우 안심이 되었습니다(워낙 바쁘신 분이라 답을 주실까 하고 마음을 좀 졸이면서 메일을 드렸거든요).

제가 사는 곳은 인천 서구 공촌동인데 사방이 산으로 둘러싸여 있어서 집 앞에 마치 콘도에서 보는 것 같은 전경이 펼쳐져 있답니다. 며칠 전부터 매미가 새벽부터 울어대서 여름이 얼마 남지 않은 걸 느낍니다. 어찌나 울어대는지요. 입추가 지난 날부터는 신기하게도 귀뚜라미가 울어댑니다. 계절의 변화는 참 정확합니다. 이름 모를 산새소리와 매미소리, 풀벌레소리로 아침을 열 수 있어서 얼마나 행복한지 모르겠습니다.

제 휴대폰은 010-****-**** 입니다. 선생님은 바쁘시니까 제가 전화하기가 좀 망설여지네요. 시간 나시고 마음 끌리실 때 연락주세요. 화요일 오후와 금요일 오전은 병원에서 치료받는 시간이라 그 시간은 좀 불편합니다만 다른 시간은 편합니다.

선생님 전화번호는 입력을 해놓았으니 전화주시면 받을 수 있습니다. 스팸 전화들 때문에 모르는 번호를 안 받는 시대에 살다 보니, ㅎ~ 선생님 편하실 때 연락주세요. 오늘 하루도 만나는 모든 분들과 좋은 인연이 되시기 바랍니다. ^^

감사합니다

어젯밤에 수면제를 먹고 비몽사몽 자다 일어나 보니 아침 아홉 시가 되었더라구요. 항암제가 수면을 방해하니 신경이 긴장되어 수면제가 아니면 잠을 못자거든요. 보통 새벽 네 시 반쯤이면 제일 부지런한 새소리에 잠을 깨서 아침시간에 책을 읽는데, 하루를 늦게 시작했더니 종일 허둥거리다가 이제야 메일을 보게 되었네요.

선생님께서 그렇게 기분 좋아하시니 저도 참 좋습니다. 속이 투명한 사람을 만나기 어려운 때입니다. 적어도 노력이라도 하는 사람을 만나면 행운이라 생각합니다. 하늘을 우러러 한 점 부끄러움 없이 살기를 기도했던 윤동주 시인을 기억합니다. 저야 집에서 하고 싶은 일만 하고 사는 아낙네지만 선생님은 거친 사회 속에서 경쟁구도의 중심에서 흔들리지 않고 꿋꿋하게 살아가시려면 아마도 유연하지 않으면 안 되시리라 생각됩니다. 겉으로는 유하나 속은 강한 외유내강이 절실히 필요하겠지요. 그렇게 살아오셨으리라 짐작이 됩니다.

아내에게 화내지 않고 살아오셨다는 선생님의 글에서 선생님의 유한 성품을 봅니다. 전에 저의 남편이 저를 공주처럼 떠받들

어줄 때는 그게 당연한 줄로 알고 살았다가, 저 혼자 남겨지니까 그 당연한 것이 너무 귀한 복이었다는 걸 나중에야 알았답니다. 그래서 사회생활이 남들보다 더 힘이 들었던 것 같습니다. 지금 옆에 있다면 내가 받은 사랑을 갚으며 살 텐데……, 뒤늦게 철이 나서 참 아쉽습니다. 하지만 인생사가 어찌 맘대로 되더랍니까. 아이들에게서 언뜻언뜻 아빠의 모습을 보면서 웃곤 하지요.

요즘은 아이들 결혼 문제가 기도 제목이 되는군요. 아이들은 때가 되면 부모를 떠나가야 하는가 봅니다. 큰 딸아이는 제 병간호 하느라고 대학을 졸업하고부터 제 곁을 못 떠나 마땅한 남자를 못 만나고 있으니 엄마로서 마음이 무겁고 안쓰럽기만 합니다.

딸아이는 걱정 말라고 하는데, 엄마 된 마음에 저 때문에 짝을 찾지 못할까봐 늘 걱정이 됩니다. 결혼하면 엄마는 시골로 내려가 살 테니 엄마 걱정 말라고 하는데도, 안심이 안 되는지 엄마 모시고 살 만한 착한 남자를 만나고 싶다는군요. 저는 전혀 그런 생각을 안 하는 데도 말입니다. 아이들을 시집 보내고 나면 시골에서 살아야겠다고 생각합니다.

이런 이야기를 하다 보니 제가 별 이야기를 다하는구나 싶네요. 시시콜콜한 이야기들이 바로 사는 이야기 아니겠어요? 선생님은 왠지 잘 들어주실 것 같아서요. 그동안 이런 말을 할 사람이 사실 없었거든요. 괜스레 신세 한탄 같이 들릴 것 같기도 하고, 괜한 오해를 살 수도 있고, 그래서 혼자 삭히곤 했어요. 이런 저런 이야기들을 할 수 있어서 참 좋네요. 글 쓰시는 분이시니 이런 이야기도 소화하실 수 있으시겠지요.

오늘 신문을 보니 참 복잡한 이야기들이 많네요. 사건 사고들, 안타까운 사연들, 간간이 미담도 있고……, 프랑스에서 보는 남북 관계가 저와 생각이 같아서 우리나라가 참 불쌍한 나라라는 생각이 들기도 하구요. 땅은 좁지만 지정학적으로 보아 이리저리 치이기 좋은 위치이다 보니 고래 싸움에 새우등이 터지는 격일까요.

그런 걸 보면 사람은 참 이기적인 존재라는 걸 드러내는 것 같아요. 자기 이익을 위해서라면 다른 사람이 죽는 걸 못 본 체 눈 감아버리는……. 개구리에게 장난삼아 돌을 던지지만 그걸 당하는 개구리에게는 생존이 달려 있다는 걸 아는지 모르는지……. 답답한 현실입니다. 당장 먹고, 마시고, 웃고, 울고 하느라 앞날을 생각할 여유조차도 없이 사는 것이 요즘 사람들의 삶의 모습인 것 같습니다.

그런 면에서 저는 조용한 시간을 보낼 수 있어서 행운인 거 같아요. 저만의 시간들이 많아서 얼마나 좋은지 몰라요. 참 감사한 일이지요. 선생님도 바쁜 일과 중에도 망중한을 가지셔서 마음의 휴식을 가지시는 게 좋을 것 같아요. 물론 노하우가 있으시리라 생각합니다.

가끔 시간 나시면 반가운 메일을 기대해도 되겠지요? 선생님과 이런저런 이야기를 하고 있으니 좋은 말동무를 만난 것 같아서 참 뿌듯합니다. ㅎ~ 제가 너무 좋아하죠?

평범한 일상은 복입니다. 내일도 오늘처럼 평범한 일상이 되길 빕니다. ^^

폭풍의 언덕

　오늘 밤은 태풍 '덴버'의 영향으로 집 앞의 산이 온통 흔들립니다. 밤새 저러면 나무가 뿌리째 뽑혀버릴 것만 같습니다. 문득 에밀리 브론테의 『폭풍의 언덕』이 생각나는 밤입니다. 그 암울하고 절망적이던 분위기가 지금의 바람소리와 딱 어울리는군요. 히스클리프와 캐시가 만나던 그 언덕…….

　오래전에 읽어서 기억이 가물거리긴 하는데, 문득 떠오르는 분위기는 소설 속의 그 언덕도 이런 분위기가 아니었을까 싶습니다. 하루 종일 선생님 보내주신 책을 읽었습니다. 1권에 이어 2권도 선생님의 인품이 느껴집니다. 두 권을 다 읽고 나서 제 머리에 떠올려지는 한 단어가 있습니다. '배려'라는 단어입니다. 선생님의 성품을 한마디로 표현하자면 '배려'라는 말로 요약하고 싶습니다. 배려는 자기희생이 전제되지 않고서는 있을 수 없는 일이지요. 본래 인간은 생래적으로 자기 이익이 우선이기에 타인을 배려한다는 것은 자기를 희생하지 않으면 불가능한 일이지요. 그런 의미에서 선생님은 희생적인 삶을 몸소 실천하시는 분이신 것 같습니다.

　젊음을 다 바친 기자생활 속에서 그 무수한 만남들을 아름답게 승화시키신 걸 보면 양보와 배려와 희생을 실천해오셨기 때문이 아닌가 싶습니다.

　그런 의미에서 선생님은 성공한 삶을 사시는 것 같습니다. 부럽습니다.

저도 이제부터라도 제 주변의 사람들에게 좋은 사람이 되어주어야겠습니다. 노력하면 되겠지요. 그 비결이 희생과 배려에 있다는 걸 가르쳐주셔서 감사합니다. 떠나간 후에야 히스클리프를 정말 사랑했다는 걸 뒤늦게 깨달았던 캐시처럼 우리는 어쩌면 시간이 흘러야 진실을 아는 어리석은 존재인 듯합니다.

늦었다고 생각할 때가 가장 빠른 거라는 말에 힘을 얻어 봅니다. 바람소리가 가슴 깊이 파고드는 밤입니다.

01 혼자는 외로워…

혼자는 외로운 법이다. 누구든지 혼자 살 수는 없다. 누군가와 함께 살아야 한다. 결혼도 그래서 한다. 배우자가 있다면 친구도 꼭 필요하다. 둘에 대해 필요성을 따진다는 것이 우습기는 하다. 나이 들수록 존재감을 더하는 것도 똑같다. 둘의 경우 우선순위를 매길 수 없다는 얘기다.

둘 다 소중하지만 그 존재 가치를 잊곤 한다. 항상 곁에 있기 때문이다. 있을 때는 잘 모른다. 없어야 빈 공간의 크기를 실감한다. 아내를, 남편을, 친구를 잃는다고 생각해보라. 얼마나 끔찍한 일인가. 노래 가삿말도 있다.

"있을 때 잘해."

그럼에도 쉽사리 실천하지 못한다. "다음에 잘 하면 되지"라는 식으로 넘겨서다.

둘에게 해줄 수 있는 일이 뭘까. 건강을 챙겨주는 것이다. 부부가 백년해로하고, 친구와의 영원한 우정을 생각한다면 그것보다 중요한 것은 없다. 가능하다면 함께 운동을 해보라. 오래 살 수 있는 지름길이다. 돈도 많이 들지 않는다. 걷기나 등산 등 가볍게 시작하면 된다. 무엇이든지 처음이 어렵다. 두세 번 하다 보면 취미로 굳어진다. 평균 수명 100세에 대비하는 현명한 방법이기도 하다.

02 뚝배기보다 장맛

실속을 차려야 하는 세상이다. 그럼에도 형식에 치우치는 경향이 많다. 실속보다 포장을 중시한다는 얘기다. 외허내실(外虛內實)을 잊은 경우다. 겉은 허술해 보여도 속이 꽉 차야 진짜다. 무릇 겉만 보고 판단하지 말라는 뜻과 일맥상통한다. 알찬 기업, 속이 영근 사람들이 많다. 진짜는 티를 내지 않을 뿐이다. 이런 틈을 타서 가짜들이 판친다.

음식도 그렇다. 겉은 먹음직스러운데 실제론 그렇지 않은 예가 적지 않다. 그러나 할머니가 끓여준 음식은 모양보다 맛이 일품이다. "뚝배기보다 장맛이 좋다"는 속담도 그래서 나왔을 터. 거기에는 손맛이 가미됐다. 천연 조미료의 맛을 능가하는 무엇이 있는 셈이다. 아무리 해봐도 옛날 맛이 나지 않는다고 말한다. 물론 입맛이 바뀐 탓도 있을 게다.

요즘 책의 디자인이 아주 세련됐다. 대형 서점에 가면 디자인 전시장에 온 듯하다. 독자들의 눈길을 끌기 위해 온갖 모양을 낸다. 두 번째 에세이집인 『삶이 행복한 이유』 책 표지를 직접 만들다시피 했다. 서평을 해준 후배가 말했다.

"선배님, 표지가 좀 더 세련됐더라면 좋았을 텐데……. 하지만 내용은 퍽 감동적이었습니다."

같은 평가가 계속 이어졌으면 하는 바람이다.

03 어느 포럼

30년 전 기억이 떠올랐다. 2010년 3월 30일 이화여대 봄 축제에 갔던 것. 학교가 너무 변해 있었다. 외국 대학의 캠퍼스에 온 기분이었다. 늦은 저녁 시간이었지만 학생들도 발랄했다. 급히 이삼봉홀로 갔다. 많은 회원들이 이미 와 있었다. 표정들이 하나같이 밝았다. 한국의 미래를 보는 것 같았다.

낯익은 얼굴도 보였다. 하○○, 김○○, 백○○, 이○○(고교 동기), 허○○, 이○○ 회원 등. 함○○ 회장님의 소개로 첫 인사를 했다. 무엇보다 푸근함을 느꼈다. 포럼에 임하는 자세도 진지했다. 노는(?) 모임이 아니라는 것을 기자적 시각에서 발견했다. 3시간이 너무 빨리 흐른 듯했다. 2차에 합류하지 못한 게 아쉬웠다. 그러나 다음 모임도 있지 않은가. 집으로 돌아오는 발걸음이 어느 때보다도 가벼웠다. '포럼○○' 영원하리라.

포럼이 무척 많다. 비슷한 사람들끼리 모여 유대감을 나눈다. 그러다 보니 자연스레 친해진다. 성격도 가지가지다. 연구 모임이라고 하지만, 친목을 도모하면서 특정 목적을 띠는 경우가 허다하다. 이런 점을 알고, 듣고 있어서 그동안 멀리 해온 게 사실이다. 지인의 권유로 포럼에 참여한 첫 느낌은 좋았다. 오래 지속될 수 있을까 하는 의구심도 솔직히 든다.

04 이름 없는 시인

　　"파릇한 싹으로 세상에 나와 하늘빛에 물들고, 바람의 대화를 듣고, 밤으로부터 겸손을 배우더니 해를 닮은 빨강을 토해낸다. 밤하늘에 박힌 별처럼 촘촘히 박힌 작은 보석들, 한 입 베어 물면 바람 소리가 들려온다. 하늘부터 땅까지 모든 것 다 담았기에 만인이 좋아하는 맛과 향을 가졌어라."

　　매우 서정적이지 않은가. 시인은 '빨간 딸기'를 노래했다. 딸기의 성장과정을 눈으로 보는 듯하다. 인고의 세월을 겪고, 태동하는 순간이 선연하다. 이처럼 시인들은 자연을, 생물을 벗 삼아 정서를 읊는다. 마치 장인이 땀 흘려 도자기를 완성하는 것 같다. 신비스럽기까지 하다. 그들이 있기에 메마른 감정을 정화할 수도 있다. 시인은 현대인들에게 분명 고마운 존재다.

　　이름 없는 시인들이 창작에 땀을 흘린다. 언젠가는 등단을 꿈꾼다. '빨간 딸기'를 보낸 이도 무명이다. 내 블로그에 가끔씩 시를 댓글로 올린다. 혼자 보기에는 너무 아깝다. 그래서 종종 블로그에 올리기도 한다.

　　"오늘도 좋은 글 주셨네요. 꼭 시집을 내세요. 그렇게 될 것으로 확신합니다."

　　작가(?) 선배로서 격려도 한다. 그러면 좋아하는 모습이 천상 아기다. 무명씨에게 도움을 주고 싶다. 그가 시인의 꿈을 이룰 수 있도록……．

05 사랑 그리고 미움

　　살다 보면 별일이 다 있다. 매번 즐거울 수는 없다. 인간은 감정의 굴곡이 심하다. 하루에도 수없이 변한다. 이성을 지녔기에 제어하면서 살아간다. 그렇지 못한 사람을 소인배, 아량이 넓은 사람을 대인배라 한다. 마음의 크기는 체형과 비례하지 않는다. 자그마한 사람 가운데도 대범한 사람이 많다. 반면 키 크고 싱거운 사람도 적지 않다.

　　삶에 있어 가장 중요한 것은 뭘까. 사랑이 아닐까 싶다. 행복의 근원도 사랑이다. 남을 사랑하고, 자신을 사랑할 수 있는 사람만이 행복을 느낄 수 있다. 사랑은 정결하고, 숭고하다. 사랑을 하면 악이 자리잡지 못한다. 악을 물리칠 수 있는 것이 사랑의 힘이다. 사랑의 대상은 무한대다. 폭을 좁히면 그 위력을 발휘할 수 없다. "원수를 사랑하라"는 말도 그런 데서 나오지 않았을까.

　　사랑의 반대는 미움이다. 미움이 커지면 증오와 적개심이 생긴다. 포악성도 띠게 된다. 마음의 병도 커진다. 미움을 버리는 것이 무엇보다 중요하다. 그러나 쉽게 버릴 수 없는 것 또한 미움이다. 이런 경우 먼저 삭이려고 노력해라. 그러려면 마음을 가라앉혀야 한다. 마음이 정말 중요한 이유다.

06 친절만이 살 길이다

"상쾌한 아침입니다. 오늘도 활기찬 하루가 되시길 기원합니다."

휴대폰에 문자 메시지가 찍혀 있었다. 얼마 전 들렀던 자동차 대리점 직원이 보낸 것. 왠지 기분이 좋았다. 그의 선한 얼굴이 떠올랐다. 대부분의 영업사원이 그렇듯 그 역시 매우 친절했다. 처음 본 우리 부부에게도 살갑게 대했다. 나도, 아내도 만족해하며 그곳을 나왔다.

세상이 크게 바뀌었다. 친절하지 않고는 지탱할 수 없게 됐다. 딱딱하던 대학병원 의사까지 친절에 가세하고 있다. 손님인 환자를 유치하기 위해 불가피해졌다. 교수들도 마찬가지다. 수강하는 학생이 없으면 강좌를 폐지할 수밖에 없다. 자신이 살아남기 위해 학생들을 친절하게 지도해야 한다. 지방 대학으로 갈수록 더하다. 영업 마인드로 무장해야 생존할 수 있다는 얘기다. 그 때문인지 서비스 정신을 강조하는 강좌가 인기다. 생존전략 차원에서 그것을 강화하고 있기 때문이다.

"고객은 왕이다."

흔하게 볼 수 있는 푯말이다. 잘나가는 기업도 하루 아침에 무너질 수 있다. 원인을 따지고 보면 서비스 정신의 결여에서 나온다. 일본의 토요타가 수모를 겪은 것도 그렇다. 고객 제일주의, 영원한 숙제이자 과제다.

07 국어사전

민중 『엣센스 국어사전』을 손에 넣었다. 그 어느 때보다 흐뭇했다. 이희승 선생님이 감수한 것이다. 그동안 30년이 훨씬 넘은 사전을 가지고 뒤적거렸다. 그러다 보니 없는 단어도 많았다. 특히 영문 표기 등은 없는 것이 허다했다. 신조어 역시 마찬가지다. 10년이면 강산도 변한다고 했는데, 너무 오래 끼고 있었다. 명색이 글을 쓴다고 하면서 부끄럽기조차 했다.

사전의 의미를 꼼꼼히 살펴봤다.

"문화의 내용이 담겨진 글자·낱말·술어 등을 면밀히 풀이하여 그 개념을 정확·분명히 파악하고, 올바르게 사용할 수 있는 조건을 갖추게 하는 것이 사전의 임무일 것이며, 그 나라 문화 발달 척도로서의 사전의 구실과 의의를 재발견하게 되는 것이다."

선생님은 1974년 한글날 사전을 감수하면서 이처럼 정의를 내렸다.

우리말을 제대로 사용하려면 사전을 애용해야 한다. 궁금하거나 느낌이 어색하면 바로 들춰보라. 해답은 그곳에 있다. 한글처럼 아름다운 글도 세상에 없다고 한다. 그런데 홀대받고 있다는 생각이 든다. 요즘은 언어파괴 현상이 심해 아예 받침 없이 쓰기도 한다. 메시지를 주고받는 경우 헷갈릴 때가 많다. 어느새 따라하다가 흠칫 놀란다.

08 영웅

　　　　　예로부터 걸출한 인물이 많았다. 우리는 그들을 영웅이라고 한다. 동서고금을 막론하고 난세에 특히 많이 나왔다. 시대가 영웅을 만드는 셈이다. 태평성대를 구가할 때는 사람의 됨됨이를 잘 모른다. 어려운 일이 닥쳐야 진정 알 수 있다. 자기를 던질 수 있는 사람이 진정한 영웅이다. 말이 쉽지 행동으로 옮기는 것은 여간 어렵지 않다.

　2010년 3월 차디찬 서해 앞바다에서 천안함과 함께 순직한 46명의 해군 병사들도 영웅이다. 그들은 한마디 말도 남기지 못하고 그토록 사랑하던 가족을 멀리한 채 세상을 떠났다. 앞날이 창창한 젊은 영혼들이다. 국가와 민족을 위해 배를 타고 근무 중이었다. 배가 침몰할 때 무슨 생각을 했을까. 너무 순식간이어서 경황이 없었을 게다.

　또 다른 영웅, 고 한주호 준위도 국민의 심금을 울렸다. UDT의 전설로 통했던 그는 후배들을 구하기 위해 바다에 뛰어들었다. 주위에서 고령을 들어 말렸다고 한다. 그럼에도 그는 군인정신을 발휘했다. 싸늘한 주검으로 돌아왔지만 그의 희생정신은 영원하리라. 교과서에도 실린다고 한다. 영웅을 기리는 것은 남은 우리들의 몫이다.

09 온천욕

　　따뜻한 물, 수증기 가득한 한증탕, 폭포수가 있는 냉탕. 목욕탕의 모습이다. 우리나라와 일본이 특히 발달했다. 서양이나 중국인은 샤워만 한다. 옛날에는 때를 밀러 가는 것이 큰일 중의 하나였다. 일 년에 적어도 두 번은 갔다. 추석이나 설을 앞두고 몸을 정갈하게 하기 위해서였다. 할아버지, 아들, 손자가 함께 가기도 했다. 말하자면 집안 행사였던 셈이다.

　이제 동네 목욕탕은 찾아보기 힘들다. 대신 대형 사우나가 그 자리를 차지했다. 수백 평에서 수천 평에 이른다. 시설도 호화롭다. 욕탕에 찜질방, 휴게실, 헬스장 등 온갖 시설을 갖췄다. 정취는 사라졌지만 편리함을 만끽하게 됐다. 어디 목욕탕뿐이겠는가. 현대 문명은 옛 맛을 야금야금 삼키고 있다. 아쉬울 때가 없지 않다.

　서울 근교에 온천이 있다. 워낙 구석에 박혀 있기 때문에 아는 사람만 이용한다. 북한산 입구에 있는데, 수질이 아주 좋다. 사패산에 올라갔다 내려와 꼭 들른다. 일주일의 피로가 확 풀리는 느낌이 든다. 그곳에서 또 다른 한 주의 계획을 세운다. 한증탕에서 땀을 뺀 뒤 냉탕을 찾는다. 어찌나 시원한지 모른다. 집으로 돌아오는 길도 상쾌하기 그지없다.

10 제2의 인생

우연히 텔레비전을 봤다. 아는 분이 나와서 강의를 하고 있었다. 꽤나 인기 있는 아침 프로그램이다. 그를 안 지도 10년이 넘는다. 언제나 유쾌하고 거침이 없다. 차관급을 끝으로 공직을 떠났다. 그의 인생은 그때부터 꽃을 피우기 시작했다. 국내외를 오가며 활동 폭을 넓히고 있다. 교수 등 다양한 분야에서 이름을 날린다. 요즘은 명강사로 인기가 높다.

국제전화가 울렸다. 호주에 가있는 친구로부터 연락이 온 줄 알았다.

"친구, 잘 있었어?"

으레 그렇듯이 안부를 물었다. 그런데 다른 목소리가 흘러나왔다.

"나 ○○○. 여기 뉴욕인데 워싱턴으로 가는 중이야."

그분이었다.

"출판기념회를 한다며, 참석할 수 있을 것 같아. 하루 전날 서울에 도착해."

낭랑한 목소리로 먼저 축하를 해주었다.

"인생은 60부터다." 그가 자주 들려주는 얘기다. 평균 수명을 90으로 봤을 때 나머지 3분의 1도 중요하다는 것. 어떻게 해야 할까. 미리 준비해야 한다. 남이 대신 해줄 수는 없다. 내가 가장 자신 있는 분야에 뛰어들면 된다. 나 역시 고민을 많이 했다. 결론은

글쓰기였다. 기자로서 할 수 있는 일, 달리 투자를 하지 않아도 됐
다. 작가로서 제2의 인생을 꿈꾼다.

// 공치사

생색을 내는 사람들이 많다. 우쭐대는 기질이 있는 사람들이다. 과시욕도 강하다. 자신이 남보다 우월하다는 것을 은연 중 내비친다. 그런데 재능이나 실력보다는 남을 이용해 돋보이려는 것이 문제다. 실력자와의 친분을 내세우며 폼을 잡는다. 가장 흔한 수법이다. 그들의 입에 오르내리면 누구도 '개' 수준이다.

"잘 알지. 걔 나하고 아주 친해. 내가 말하면 다 들어주지."

이 같은 식으로 상대방의 환심을 산다. 특히 인사를 두고 말이 많은 조직이 있다. 그래서 뒷소문도 무성하다. 온갖 백이 동원된다고 한다. 가장 많이 등장하는 것이 정치권의 유력인사다.

"누가 누구를 봐준다더라. 누구와 선이 닿아 있대. 인사권자도 그 사람의 눈치를 슬슬 본다잖아."

주객이 전도된 느낌이 들 정도다. 이런 조직은 건강할 수가 없다. 그 조직에서 승진을 한 지인이 있다. 푸념을 늘어놓았다.

"제가 승진하는 데 일조했다는 사람이 30명은 넘는 것 같습니다. 미칠 지경입니다."

내가 아는 한 지인은 실력으로 올라갔다. 업무 능력이 뛰어나고, 매우 성실하다. 그런 사람이 승진하는 것은 당연하다. 그런데도 공치사하는 사람들이 있는 게 또한 현실이다. 이를 어떻게 받아들여야 할까.

12 손주 자랑

      부모의 자식 사랑은 한결같다. 열이라 한들 어느 자식이 귀하지 않겠는가. 잘난 놈, 못난 새끼가 있을 수 있다. 부모는 그중에서도 못난 자식에게 애정을 더 쏟는다. 다른 자식과 대등하게 키우기 위해서다. 그것이 우리네 부모의 마음이다. 자식들은 그 같은 부모의 심정을 헤아리지 못한다. 괜한 투정을 부리기도 한다.

20대 후반이나 30대 초반에 결혼을 한다. 또 아이를 낳는다. 한참 일할 나이다. 맞벌이 부부가 많다 보니 제 자식을 제대로 돌볼 수 없다. 손주는 시어머니나 친정어머니가 많이 봐주었다. 요즘에는 그마저도 다른 사람 손에 맡기는 경우가 많다. 미리 손주를 돌보지 않겠다고 선언하는 양가 어른들도 있다. 시대 탓으로 돌려야 할 듯하다.

초등학교 친구가 50대 초반에 손녀딸을 보았다. 아예 딸 부부를 집으로 불러 함께 살고 있다.

"손녀딸이 그렇게 예쁠 수가 없어. 같이 살기를 잘한 것 같아."

만날 때마다 손녀딸 자랑이다. 집에도 이전보다 일찍 들어간다. 놈의 재롱을 보는 것이 마냥 즐겁다고 했다.

"나는 다를 줄 알았는데, 똑같이 하고 있네."

다른 사람의 손주 자랑에 고개를 가로젓던 친구다. 그 역시 똑같은 할아버지가 되어가고 있다.

13 의심

우리나라 국민성은 어떨까. 근면하고, 성실하고, 부지런하다고 묘사된다. 이만하면 흠잡을 데가 없을 듯싶다. 정말 그럴까. 나는 이에 동의하지 않는다. 적어도 쉰 평생을 살아오며 느낀 관점에서 그렇다는 얘기다. 한국 사람은 특히 의심을 많이 한다. 상대방을 잘 믿으려 하지 않는다. 색안경을 끼고 사물을 대하는 것 같다. 안 그런 척하면서 뒤에서는 딴 말을 한다. 아주 못된 버릇이다.

액면 그대로 받아들이지 않는 데 원인이 있다. 무슨 말을 해도 곧이곧대로 들으려 하지 않는다. 예단을 하거나 선입견을 가지고 있기 때문에 그렇다. 순전히 주관적이다.

"누구의 사주를 받았겠지."

"누가 밀어주었을 거야."

이런 식으로 접근하다 보니 의심을 할 수밖에 없다. 하루라도 빨리 고쳐야 한다. 의심은 하면 할수록 커진다.

나는 상대방을 100퍼센트 믿는 편이다. 남들은 이 같은 나의 태도에 대해 바보 같다고 비웃기도 한다. 그래도 흔들리지 않는다. 믿는 구석이 있는 까닭이다.

"한 번, 두 번 속아주면 세 번째는 속이지 못한다."

경험칙상 얻은 결론이다. 아무리 심성이 나쁜 사람도 진심으로 대하면 달라진다. 개과천선하는 것이다. 서로 믿고 의지하는 사회가 건전하다.

14 총장님, 우리 총장님

지휘관이 존경받는 게 쉽지 않다. 아무리 덕장이라도 적이 많이 생기기 때문이다. 그 자리에 오르기까지 숱한 우여곡절을 겪지 않았겠는가. 주변에도 고마워하는 사람보다 서운해하는 사람이 많다. 명지휘관은 이를 뚫고 자기 방식대로 기강을 확립한다. 그런 지휘관들도 아주 없지는 않기에 삶의 맛을 더해준다.

이계훈 공군참모총장님. 일면식도 없는 분이다. 그런데 두 번이나 편지를 받았다. 둘 다 내가 지은 책을 보내드린 데 대한 답례였다. 무엇보다 내용이 나를 감동시킨다. 바쁜 와중에도 책을 모두 읽은 느낌을 갖게 한다. 지휘관들은 보통 대필을 시킨다. 그런데 총장님은 직접 작성한 행간이 읽혀진다.

"바쁘신 중에도 집필하셔서 보내주신 에세이집『삶이 행복한 이유』책자는 감사히 받아보았습니다. 짤막한 글들의 모음이지만 옛 추억을 떠올려 주고, 더구나 아드님과 공군에 대한 사랑을 느낄 수 있어 더없이 정감이 가고 감동적이었습니다. 특히 이 에세이집은 한번 잡으면 부담 없이 읽을 수 있어 책 읽는 맛이 느껴지는 에세이집입니다. 책이 손에 쏙 들어와 바쁜 일정을 소화하면서 지치고 피곤할 때 곁에 두고 읽도록 하겠습니다."

작가에게는 최대의 찬사다. 총장님과 공군의 건승을 빈다.

15 싱거운 사람들

별별 사람이 다 있다. 개성이 강한 사람이 있는 반면, 싱거운 사람도 많다. 스스로는 잘 모른다. 자기 허물을 아는 사람은 드물다. 누구든지 자책하려고 들지 않는다. 일이 잘못돼도 재수 없는 정도로 치부한다. 자기합리화에 다름 아니다. 하긴 모든 것을 내 탓으로 돌리면 하루도 살 수 없을 것이다. 그렇게 사는 것이 인생이다.

어떻게 사는 것이 잘사는 것일까. 정답은 없을 듯싶다. 내가 만족하면 잘 사는 것이고, 불만이 가득하면 재고해봐야 한다. 나름의 비법을 터득해야 한다는 얘기다. 그러나 나만의 방법을 찾는다는 것이 어디 쉬운 일인가. 남의 것을 좇다 낭패를 당하는 경우가 많다. 그러려면 작은 것에서 출발점을 삼아야 한다. 약속을 지키는 등 실천이 필요하다.

특히 공수표를 남발하는 사람들이 많다. 꼭 지킬 것처럼 약속을 하고도 나타나지 않는다. 전화까지 걸어와 확인할 땐 그럴 것으로 믿는다. 문제는 그 다음이다. 약속을 어기고도 일언반구가 없다. 미안해서 연락을 못 하는 걸까. 다 사정이 있을 수 있다. 변명을 하더라도 저간의 상황을 알려주는 것이 좋다. 왜냐하면 싱거운 사람을 면할 수 있는 방법이기 때문이다.

16 청소부

가장 골칫거리가 쓰레기다. 아무리 치워도 계속 나온다. 지구가 멸망하지 않는 한 계속 나올 것이다. 환경이 더욱 부각되면서 쓰레기 문제는 인류의 공통과제가 됐다. 적게 배출하는 수밖에 없다. 가급적 재활용을 해야 한다. 이를 생활화하는 것이 필요하다. 어릴 때부터 가정교육을 강화하는 것이 좋다. 아이들은 부모를 따라 배운다.

청소부의 고마움을 잘 모르고 산다. 그들은 한밤중이나 꼭두새벽에 일어나 일을 한다. 남이 모두 자는 시간에 쓰레기를 말끔히 치운다. 특히 음식물 쓰레기는 하루만 안 치워도 냄새가 진동한다. 청소부는 도회지 미관을 가꾸는 일등공신이다. 그런데 처우가 매우 열악하다. 대표적 3D 업종임에도 불구하고 그들을 위한 시설은 거의 없다. 국가적 차원에서 대책을 마련해줘야 한다.

우리 아파트에 청소를 담당하는 아주머니가 있다. 얼마나 부지런한지 모른다. 그래서 아파트가 항상 청결을 유지한다. 게다가 정도 많다. 남에게 주는 것을 좋아한다. 우리 집도 자주 얻어먹는다. 삼계탕, 나물, 오곡밥, 물김치 등 수시로 싸서 온다. 손맛도 좋아 음식이 맛있다. 출근길에 아주머니를 보면 하루 종일 기분이 상쾌하다. 오래 인연을 이어가고 싶다.

17 항명

　　　　　　　뜻대로 되지 않는 것이 인생이다. 그래서 질곡
(桎梏)이라는 표현을 자주 쓴다. 몹시 속박하여 자유를 가질 수
없는 상태를 비유한 말이다. 질곡의 세월, 그런 삶은 고달프다.
외부적 요인보다 내부적 요소에 기인하는 바도 적지 않다. 스스
로 그 같은 상황을 만드는 것. 누구를 원망할 수도 없다.

　조직생활을 하다 보면 예기치 않은 일도 겪게 된다. 뒤통수를
맞은 느낌이랄까. 이런 경우 배신감을 맛본다. 마음의 상처도 입
게 된다. 정신이 막막해진다. 어디부터 손을 써야할지 감이 안
잡힌다. 자포자기 상태에 빠지는 경우도 있다. 감정이 앞서다 보
면 자칫 사고를 칠 수도 있다. 바로 항명이다. 윗사람에게 선전
포고를 하는 것이다.

　명을 거역하는 것은 비겁한 행위다. "악법도 법"이라고 하지
않았던가. 지휘 계통을 밟아 내린 명령은 따르는 것이 좋다. 자
기 성에 차지 않는다고 즉시 치받는 것은 남자답지 못하다. 인사
에서 그런 돌출행동을 가끔 목격한다. 보직 사퇴나 출근 거부 투
쟁 등이 그것이다. 그러나 대부분 오래 가지 못 한다. 결국 '쇼'
로 끝나기 일쑤다. 인사권자는 쓸 수 있는 카드가 많다. 항명도
명분이 있어야 한다. 명심하자.

시인들은 노래했다. 4월은 잔인한 달이라고. 자연현상에 비춰볼 때 아이러니다. 생동감이 넘치는 계절이다. 파릇파릇 싹이 돋아나고, 꽃망울도 터뜨리기 시작한다. 두꺼운 외투가 사라진 대신 화사한 옷이 등장한다. 등산객의 옷차림도 형형색색이다. 그렇다면 희망을 노래해야 한다.

나에게 2010년 4월은 아주 뜻깊은 달이다. 우선 생애 처음으로 『삶이 행복한 이유』 출판기념회를 했다. 많은 분들의 축하를 받았다. 또 라디오 방송과 생방송 인터뷰를 했다. 국군방송 라디오에서 연락이 온 것이다. 화제의 인물로 선정돼 전파를 탔다. 자식을 군에 보낸 아버지의 심경을 털어놨다. 모든 부모의 심정은 똑같다. 그들을 대신해 출연했다고 생각한다.

또 다른 4월을 기다린다. 2011년 이맘때쯤이면 무엇을 할까. 잔인한 달이 되지 않기 위해서는 지금부터 뛰어야 한다. 아들 인재가 입대한 지 만 2년이 된다. 『삶이 행복한 이유』 속편을 낼 계획이다. 요즘도 매일 새벽 인재 방에서 글을 쓴다. 기다림이 있기에 즐겁다. 녀석에게도 큰 선물이 될 터. 인재가 전화를 했다.

"아빠, 나도 이제 유명해진 것 같아요. 열심히 할 게요."

녀석의 해맑은 얼굴이 다가온다.

19 검사와 스폰서

검사 57명이 업자로부터 향응을 받았다는 보도다. 이만저만한 일이 아니다. 누구보다 깨끗해야 할 그들이기에 충격적이다. 그들은 즉각 반박하면서 명예훼손 운운한다. 법률가답다. 그러나 아니 땐 굴뚝에 연기가 날까. 우리나라에서 검찰은 무소불위의 집단이다. 그런 조직에 비수를 꽂고 나섰으니 주목된다. 파장은 한 치 앞도 내다볼 수 없다.

스폰서가 문제다. 술값, 밥값을 대신 내주는 것을 말한다. 당연히 재력 있는 인사가 등장한다. 비단 검찰 조직뿐만 아니다. 이른바 힘 있는 부처엔 스폰서가 줄을 선다. 많고 적음으로 능력을 따지기도 한다. 은근히 자랑하는 사람들도 있다. 그냥 밥을 사거나 술만 사는 사람이 있을까? 없다고 본다. 분명히 대가성이 있다. 당장은 아니더라도 보험 성격이 강하다.

스폰서는 꼭 마약과 같다. 자신도 모르는 사이에 점점 빠져들게 된다. 한두 번 맛을 들이면 당연하게 생각한다. 으레 그런 줄 안다.

20년 전쯤 된다. 검사와 저녁을 함께한 적이 있다. 2차까지 이어졌다. 그런데 자리가 끝날 무렵 한 인사가 나타났다. 명함을 돌렸다. 당시 꽤나 잘나가던 예식장 주인이었다. 물론 계산은 그 사람이 했다. 뒤끝이 찜찜했다. 그 검사도 다시 보였다.

20 예쁜 작가님

　　　　　모르는 사람과의 첫 만남은 가슴을 설레게 한다.
"어떻게 생겼을까? 어떤 옷을 입고 나올까?"

갖은 상상을 한다. 그러면서 자신도 모르는 사이에 신경을 쓴
다. 상대방에 대한 배려에서다. 이렇듯 만남은 즐겁다. 그렇지
않고 혼자 살아간다면 정말 무의미할 것이다. 내가 만남에 의미
를 두는 이유이기도 하다.

두 명의 작가를 알게 됐다. 둘 다 미혼 여성이다. 생방송 라디
오 인터뷰 관계로 인연을 맺었다. 출연 섭외차 전화를 주고받았
다. 매우 친절했다. 일처리도 시원스러웠다. 방송 당일까지 원고
를 다듬었다. 이 과정에서 출연자인 내 의견을 100퍼센트 반영
해주었다. 고마운 일이 아닐 수 없었다. 그래서 방송이 나간 이
틀 후 점심에 초대했다. 흔쾌히 응해 주었다.

아내도 나오라고 해 그들과 점심을 함께했다. 예상했던 대로
아주 쾌활한 모습이었다. 남자는 나뿐이어서 여성들이 대화를
이끌어갔다. 수다로 들리지 않았다. 거듭 감사함을 표시했다. 한
시간여 점심을 끝내고 헤어졌다. "오늘 만나서 반가웠습니다"라
고 문자 메시지를 보냈다.

"저희가 너무 감사하죠. 식사도 맛있었지만, 두 분 모습이 참
보기 좋았습니다."

칭찬을 받고 보니 어깨가 으쓱거렸다. 예쁜 작가님과의 인연
도 이어가련다.

21 새벽 커피

술, 담배, 커피. 성인 남자들이 좋아하는 기호품(嗜好品)이다. 지나치지만 않으면 나쁠 것이 없다. 그런데 임의로 조절하기가 쉽지 않다. 중독성이 있기 때문이다. 특히 술과 담배는 몸에 해롭다. 파는 측에서 경고를 하지만 크게 개의치 않는다. 남들도 다 하기 때문일 터. 동질성이랄까. 커피 또한 마찬가지다. 한 번 맛을 들이면 끊기 어렵다.

시간에 따라 맛도 달라진다. 술은 밤에 마셔야 제 맛이 난다. 담배와 커피는 새벽에 일품이다. 애연가는 눈을 뜨자마자 담배를 찾는다. 담배를 물고 화장실에 들어간다. 그 맛은 무엇에 견줄 수 없다. 아내와 가족들의 타박에도 고치지 못한다. 커피도 해장 커피를 최고로 친다. 보통 아침 식사 후 커피를 마신다. 그러면서 하루의 일과를 시작한다.

내 취향은 조금 다르다. 남들이 모두 잠든 시간에 첫 커피를 마신다. 보통 새벽 두세 시경이다. 먼저 눈을 뜨면 거실에 나가 108배를 한다. 그 다음 냉수를 한 컵 마신다. 그렇게 상쾌할 수가 없다. 그 다음은 커피를 탄다. 군에 간 아들 녀석의 방에서 커피 향을 만끽한다. 컴퓨터를 켜고, 글을 쓴다. 정신이 맑아지니 기억도 새록새록 떠오른다. 어느덧 한 편이 완성된다.

22 적반하장

　　　　　　도둑이 도리어 매를 든다. 이를 적반하장(賊反荷杖)이라고 한다. 잘못한 사람이 도리어 잘한 사람을 나무랄 때 쓴다.

　"적반하장도 유분수지."

　심심찮게 사용한다. 아주 못마땅한 경우 입에서 불쑥 튀어나온다. 살다 보면 그런 경우를 흔하게 본다. 특히 금전 관계에서 잦다.

　아쉬운 사람이 손을 벌린다. 온갖 사탕발림을 한다. 처음에는 간이라도 빼줄 듯이 잘한다. 돈도 바로 갚을 것처럼 떵떵거린다. 그 다음부터가 문제다. 원금은커녕 이자도 제때 갚지 않는 사람들이 많다. 재촉을 하면 도리어 "채근하지 말라"며 화를 낸다. 잘 아는 사이가 많아 난감한 일이 아닐 수 없다. 돈을 준 사람이 빌린 이의 눈치를 보는 격이다.

　갚을 능력이 있으면서도 이런저런 핑계를 대며 미루는 사람들이 있다. 상습범이다. 배 째라는 식으로 골탕 먹이는 부류도 있다. 나한테 돈을 받으려면 잘하라고 큰소리치기도 한다. "화장실 들어갈 때와 나올 때 다르다"는 속담이 있다. 이처럼 인간의 마음은 간사한 측면이 있다. 나는 아니라고들 강조하지만 누구나 비슷하다. 정도의 차이만 있을 뿐이다. 금전관계는 가까운 사이일수록 멀리하는 것이 좋다. 또 한 번 서운한 것이 낫다.

23 자상한 아우님

한국 사람은 초대문화에 익숙지 못하다. 우선 부담을 갖는다. 무엇을 어떻게 해야 할지부터 고민한다. 부부동반 모임에는 더욱 그렇다. 거창하게 생각한 탓이다. 그냥 있는 모습 그대로 가면 될 것을 특별한 행사로 생각한다. 궁리 끝에 내린 결론은 불참이다. 여러 가지 핑계를 대며 양해를 구한다. 그러나 불가피한 경우는 그리 많지 않다.

동네 분들과 점심을 약속했다. 아내와 자주 어울리는 분들이다. 내가 다니는 직장이 시내여서 토요일로 날을 잡았다. 우리 부부가 점심을 대접하기로 한 것. 그중 한 명이 운영하는 식당에서 만나기로 했다. 대여섯 분은 나올 것으로 알았다. 그런데 식당 주인을 포함해 세 분만 참석했다. 아내에게 미리 말했었다.

"한 분만 오시더라도 영광으로 알자."

세 분은 모두 구면이었다. 몇 달 전 맥주를 마신 적이 있었다. 그중에서도 추어탕집 주인은 나보다 한 살 아래였다. 당시 즉석에서 형, 아우 하기로 했다. 그 아우가 감동을 주었다. 내가 추어탕을 그리 즐겨하는 편이 아니라는 얘기를 듣고 집에서 음식을 해왔다. 갈치 조림에 더덕 구이. 추어탕에 곁들여 정말 맛있게 먹었다.

"동생, 고마워."

짧은 메시지를 보냈다.

24 새벽을 걷는 사람들

건강이 최고다. 두말할 필요가 없다. 몸이 성하지 않으면 아무 것도 할 수 없다. 돈이 아무리 많은들 제대로 쓰지 못한다. 팔다리가 멀쩡해야 인생을 즐길 수 있다. 이를 위해 시간과 돈을 투자한다. 몸에 좋다고 하면 야단을 부린다. 작심삼일이 문제다. 반짝했다가 그만둔다. 인내심을 필요로 하는 대목이다.

가장 좋은 운동은 걷기라고 한다. 운동기구나 보조기구가 필요 없다. 운동화만 있으면 된다. 더 경제적인 운동이 있을 수 없다. 그런데 걷기를 과소평가한다. 운동이 되겠느냐고 반문하기도 한다. 모르는 소리다. 걷는 것도 전신운동이다. 팔과 다리를 움직이니 온몸의 신진대사를 촉진시킨다. 단순한 만큼 조금 지루할 수 있다. 그 고비를 넘겨야 한다. 그래야 나만의 운동효과를 거둘 수 있다.

집 근처에 안양천이 있다. 20년 가까이 살았어도 한 번도 가보지 않았다. 조금 더 떨어진 한강 둔치를 걷기는 했다. 그래서 안양천을 가보기로 했다. 새벽에 가벼운 차림으로 집을 나섰다. 이른 시간인데도 사람들이 천변을 걷고 있었다. 주로 나이 드신 분들이 많았다. 갈대밭도 정취를 더해주었다. 악취를 풍기던 안양천이 아니었다. 안양천을 벗 삼아 걷기와도 친해지고 싶다.

25 마음 비우기

　　　인간의 욕망은 끝이 없다. 아무리 채워도 모자란다고 느낀다. 그래서 문명이 발달했는지도 모른다. 현실에 안주하고, 지금 이대로가 좋다면 더 이상의 발전을 기대하기 어려울 터. 세상은 끊임없이 진화한다. 누구도 미래를 예측할 수 없다. 하루하루가 급변한다. 잠시라도 한눈을 팔면 시대에 뒤떨어진다.

　마음속에 아무 생각이나 거리낌이 없는 것을 허심(虛心)이라고 한다. 마음을 비우는 상태를 일컫는다. 어떻게 하면 그 경지에 이를 수 있을까. 거창하게 생각하면 도저히 도달할 수 없다. 작은 것부터 실천해가면 근접하리라고 본다. 우선 큰 욕심을 버려야 한다. 이룰 수 없는 것을 바라는 것은 탐욕이다. 화(禍)도 거기에서부터 비롯된다.

　나는 어떨까. "마음을 비웠다"고 얘기한다. 자문해보기도 한다. "정말 그럴까."

　스스로 대답을 구해본다.

　"마음을 비웠고, 앞으로도 그렇게 살 것이다"라고 답한다. 실제로 마음이 편하다. 덤빌 필요가 없다. 여유도 생긴다. 누가 무엇이라고 한들, 나의 길을 걷고 있다. 그렇다고 남을 무시하는 것은 아니다. 자칫 오만으로도 비쳐질 수 있다. 그래서 겸손을 거듭 다짐한다. 인간은 혼자만 살 수 없기에……

26 그들을 보내던 날

　　2010년 4월 29일. 잊을 수 없는 날이다. 천안함 희생자 46명의 영결식이 치러졌다. 전 국민이 울었다. 3월 26일 사건 이후 기적은 일어나지 않았다. 한 명이라도 살아 돌아오기를 염원했건만 무산됐다. 그래서 더 비통했다. 유가족의 슬픔은 이루 말할 수가 없다. 안장식에서 유골함을 부여안고 통곡하는 어머니.

　　"아들아! 이제 편한 데로 가서 쉬렴."

　　아들, 딸을 군에 보낸 부모의 마음은 똑같다. 며칠간은 거의 뜬눈으로 밤을 지새우다시피 했다. 꼭 "엄마!" 하고 돌아올 것만 같았다. 장모님과 아내도 텔레비전 곁을 떠나지 않았다. 손주, 아들녀석과 같은 또래의 병사들이어서 큰 충격을 받은 듯했다. 한편으론 그들에게 미안한 심경을 털어났다.

　　흔들림이 거의 없다고 자부하는 나도 몇 번 울었다. 눈물이 저절로 나왔다. 모든 국민들이 그랬을 것이다. 이제 어떻게 해야 하나. 영현들의 넋을 기려야 한다. 감상에 젖어 있을 수만은 없다. 대통령과 해군참모총장도 결연한 의지를 밝혔다. 아울러 유가족들을 끝까지 보살펴야 한다. 그것이 국가의 의무다. 우리는 반짝했다가 쉽게 수그러드는 경향이 있다. 이번만큼은 그래선 안 된다. 우리 모두 한마음이 되자.

27 페어 플레이

반칙이 성행하는 세상이다. 정도를 걷고, 법을 지키는 사람이 바보 취급을 당한다. 반면 꼼수를 쓰고, 눈가림에 능한 이들이 판친다. 각 분야에서 그런 현상들이 빚어지고 있다. 물론 바람직하지 않다. 경기에서 이기기 위해 심판을 매수했던 유명 대학 축구감독이 사법 처리되기도 했다. 정정당당한 승부와는 거리가 멀다.

페어플레이 정신이 아쉽다. 남을 짓밟고 나를 돋보이려 한다. 6·2 지방선거에 나선 후보자들의 난타전이 점입가경이다. 근거 없는 소문을 퍼뜨리는가 하면 사실을 날조하기도 한다. "~카더라" 하는 식의 말을 양산하고 있다. 아니면 말고 식이다. 손해 볼 것이 없다는 계산에서다. "밑져야 본전"이라는 셈법과 다름없다.

한나라당 나경원 의원과 원희룡 의원의 서울시장 경선 후보 단일화는 페어플레이 정신을 보여줬다. 나중 결과는 어찌됐든 둘은 약속을 지켰다. 진 쪽이 선대본부장을 맡기로 했다고 한다. 이처럼 아름다운 승부는 시너지 효과를 거둘 수 있다. 페어플레이를 하면 더 많은 박수를 받는다. 변칙, 반칙 플레이에는 유권자의 따끔한 질책이 쏟아진다. 표로 심판하는 것이다. 몇몇 정치인들은 이미 쓴맛을 봤다. 국민들의 뇌리에도 떠나지 않는다. 어릴 때부터 페어플레이 정신을 몸에 배게 하자.

28 줄행랑

손자병법은 36계로 이뤄져 있다. 오늘날도 틀린 것이 없을 정도로 완벽하다. 병법대로만 한다면 전쟁이나 사업에서 실패할 리 없다. 그래서 많은 이들의 애독서로 꼽힌다. 마키아벨리의 군주론도 권할 만하다. 통치술을 서술하고 있지만, 삶의 지혜가 가득하다. 둘 다 상대방의 심리를 꿰뚫어보는 안목도 키워준다. 흔히 이렇게 말한다.

"궁지에 몰리면 자리부터 뜨고 봐라."

도망가라는 얘기다. 손자병법에 빗대기도 한다. 그러나 줄행랑은 병법에 없다. 온갖 비리를 저지른 지방의 한 군수가 도망가려다 공항에서 적발됐다. 그는 또다시 줄행랑을 쳤다. 결국 며칠만에 붙잡혔다. 요즘 세상에서 은신은 상상할 수 없다. 일거수일투족에 대한 추적이 가능하기 때문이다.

도망치면 더 낭패를 보게 된다. 뺑소니 사범에 대해서는 가중처벌을 한다. 교통사고를 낸 뒤 수습하지 않고 내빼는 경우가 많다. 엉겁결에 일단 현장을 뜨고보자는 데 생각이 미쳐서다. 뒤늦게 후회하지만 이미 엎질러진 물이다. 다른 일도 똑같다. 도망가는 게 능사는 아니다. 잘못을 했더라도 피하지 않고 당당히 임해야 한다. 그래야 떳떳할 수 있다. 정직한 사람은 절대 도망가지 않는다. 타산지석으로 삼아야 한다.

29 낯선 초대

　　"안녕하세요. 인천에 사는 조○○입니다. 오풍연 대기자님의 『남자의 속마음』 책을 재밌게 읽었습니다. 이렇게 부담 없이 읽을 수 있는 책을 출간해주심에 감사드립니다. 님의 글을 보다가… 형, 동생을 좋아하시는 것 같아서요. 저는 55년생 양띠입니다. 작년까지 공기업에 근무했고, 지금은 자영업소일 중입니다. 인연이 된다면 제가 밥 한번 사고 싶습니다. 부담 없이 인간사 세상사 담소하는 시간이 되겠지요. 좋은 하루 되시기 바랍니다."

　　미지의 독자가 보내온 메일이다. 자신의 전화번호도 남겨놓았다. 그래서 다이얼을 돌렸다. 왠지 낯설지 않았다. 목소리는 차분했다. 책을 읽게 된 경위가 궁금했다. 인터넷 서핑을 하다가 우연히 발견했단다. 인터넷 주문을 통해 책을 구입한 뒤 모두 읽었다고 했다. 그렇게 고마울 수가 없었다. 무명 작가의 책을 읽어주다니…. 게다가 밥까지 사겠다고 하니 감개무량했다.

　　내가 먼저 그를 점심에 초대했다.

　　"시간이 되면 시내까지 나오실 수 있겠습니까?"

　　그가 흔쾌히 응했다. 그러면서 밥을 사겠다고 거듭 강조했다. 밥이야 누가 산들 어떠랴. 만나는 것이 더 중요했다. 답 메일도 보냈다.

　　"미리 형님이라고 부르겠습니다. 그날 뵙겠습니다."

　　약속한 날이 빨리 왔으면 좋겠다.

30 저자 특강

강의 하면 생각나는 것이 있다. 우선 딱딱하다. 또 지루하다. 그래서 가급적 참석하지 않았으면 하는 것이 솔직한 바람일 게다. 그 까닭을 곰곰이 생각해보았다. 가장 큰 이유는 공감대를 형성하지 못한 데서 찾을 수 있다. 강사 혼자 신나서 강의하는 꼴이다. 그래선 청중이 몰입할 수 없다. 강의 도중 조는 사람이 많이 나오는 원인이기도 하다.

그 같은 경험을 한 내가 강사로 나섰다. 『남자의 속마음』과 『삶이 행복한 이유』 저자로 특강을 하게 된 것이다. 저서 관련 강의는 처음이었다. 나는 강의를 할 때 별도의 자료를 준비하지 않는다. 그때그때 필요한 내용을 강의한다. 물론 강의를 요청해오는 상대방에게도 미리 양해를 구한다. 자연스럽게 대화 형식으로 강의를 하기 위해서다. 즉석 강의를 하는 만큼 준비된 답변은 없다.

강의를 하면서 청중을 살펴봤다. 혹시 조는 사람이 있을까 걱정했다. 80분 강의 동안 단 한 명도 발견할 수 없었다. 그만하면 됐다 싶었다. 강의가 끝나자 박수가 터져나왔다. 오전 강의를 마치고 오후에 회사로 돌아왔다.

"오 기자, 강의가 매우 유익했대. 직원들이 아주 만족해하고 있어."

기관장인 고교 선배에게서 걸려온 한 통의 전화가 나를 행복하게 했다.

31 명품도 좋지만…

'싼 게 비지떡'이라는 말을 자주 쓴다. 보잘것 없는 것을 비유한다. 실제로 싼 것은 오래가지 못한다. 모양은 그럴 듯해도 쉽게 망가진다. 반면 비싼 것은 그만한 값어치를 한다. 사람들이 비싼 것, 명품을 찾는 이유다. 뭔가 다르다고 이구동성으로 말한다. 그래서 명품을 소장하려고 애쓴다. 남녀가 별반 차이도 없다. 짝퉁이 사라지지 않는 것도 이와 무관치 않다.

한국, 중국, 일본 사람들이 특히 명품을 선호하는 것 같다. 세계 최대의 시장이란다. 유명 메이커들도 이 지역에 눈독을 잔뜩 들인다. 동양인들은 남에게 보여주는 것을 좋아한다. 집안에 적어도 명품 한두 개는 가지고 있다. 명품을 사기 위한 계까지 성행한다고 하니 짐작이 가고도 남는다.

아내도 예외는 아니다. 명품 핸드백 등을 얘기하곤 한다. 그럴 때마다 못 들은 척했다. 많은 남편들이 그러할 터. 주머니 사정이 넉넉지 못한 탓이다. 아내를 따라 백화점에 들렀다. 이곳저곳 외제 명품 매장을 둘러봤다. 그러나 결국 발길을 멈춘 곳은 국산 매장. 아내가 맘에 드는 핸드백을 사주었다. 몇 년 만인지 기억이 안 날 정도다. 명품이 아니어도 기뻐하는 아내가 더 예뻐보였다. 국산품을 사랑하고 아끼자.

32 108배 전도사

무슨 일이든지 흠뻑 빠져야 전념할 수 있다. 그렇지 않으면 작심삼일에 그치는 경우가 많다. 무엇보다 인내심이 중요하다. 하루 이틀 한 뒤 재미없으면 집어치운다. 많은 사람들이 그렇다. 성공한 사람들을 보라. 피나는 노력을 한다. 남이 보든, 안 보든 자신의 일에 공을 들인다. 그냥 저절로 이뤄지는 일은 없다.

2010년 초부터 매일 새벽 108배를 하고 있다. 지금까지 하루도 빠지지 않았다. 눈만 뜨면 거실로 나간다. 담요를 깔고 절을 시작한다. 새벽 두 시가 됐든, 다섯 시가 됐든 가리지 않는다. 시간은 대략 15~20분쯤 걸린다. 땀도 송송 배어 나온다. 절을 마치면 냉수를 한 컵 마신다. 그 다음 커피를 타서 아들녀석의 방으로 와서 글을 쓴다. 요즘 내 하루 일과의 시작이다.

지인들을 만날 때마다 108배 얘기를 한다. 그 효과에 대해 알고 있는 분들이 적지 않다. 하긴 방송 등에서 여러 차례 심층 보도한 바 있다. 잘 알면서도 행동으로 옮기기 쉽지 않은 것이 운동이다. 108배는 심신수련 효과도 있지만, 전신 운동으로 손색이 없다. 팔, 다리, 무릎, 목, 허리 등 온몸을 쓴다. 좁은 공간에서 할 수 있어 더더욱 좋다. 이만한 운동을 찾아볼 수 있을까. 108배 전도사를 계속 할 참이다.

33 어쩜, 똑같애

인생을 살펴본다. 어머니 뱃속에서 나서 자란다. 누구나 똑같다. 알몸으로 태어난다. 금탯줄을 두르고 세상에 나오는 사람은 없다. 평등의 시원(始原)으로 본다. 유아 교육을 받고 정규 수업을 듣는다. 고교 또는 대학을 졸업한 뒤 사회생활을 시작한다. 대부분이 비슷하다. 이어 결혼생활을 한다. 자식을 낳고, 또 그들이 크면 혼사를 치른다. 손주를 보고, 더 나이가 들면 죽는다. 보통사람들의 일생이다. 나만 그런 것이 아니라, 남들도 같은 삶의 궤적을 그린다.

살다 보면 좋은 일, 나쁜 일을 많이 겪게 된다. 그렇다고 실망할 필요는 없다. 오늘이 있으면 내일이 있기 때문이다. 미래는 항상 열려있다. 지금 당장 힘이 들더라도 참고 견디면 기쁨을 맛볼 수 있다. 하지만 미리 포기하는 사람들이 적지 않다. 그래선 내일을 열어갈 수 없다.

동네 어른에게 내가 쓴 책을 두 권 드렸다. "살아가는 얘기를 썼으니 틈나면 일독해주세요"라고 건넸다. 그분이 아내를 통해 평을 해왔다. "어쩜, 인재 아버지 생각이 나하고 똑같애. 인재 아버지 팬이 됐어"라고 칭찬했다는 것. 그렇다. 사람은 똑같기에 나나 그분이나 다를 게 없다. 그러므로 인류는 평등하다.

34 도전정신

인생도 역사와 마찬가지로 도전의 연속이다. 그 것이 없다면 무미건조할 것이다. 크든, 작든 그것을 통해 새로움을 추구한다. 도전정신이 강한 민족이 강대국을 만든다. 다민족 국가인 미국이 그렇다. 가장 많은 노벨상 수상자를 배출했다. 이는 곧 국력의 신장으로 이어진다. 우리 민족도 도전정신이 강한 편에 속한다.

선거에서는 특히 재밌다. 다윗이 골리앗을 쓰러뜨리기도 한다. 전혀 예상치 못한 결과에 환호성이 터진다. 4전 5기, 7전 8기라는 신조어를 만들어낸다. 도전정신이 없다면 중도에 포기하고 만다. 아울러 중요한 게 실력과 끈기다. 어떠한 승부에서도 실력이 받쳐주지 못하면 승리할 수 없다. 실력은 여러 가지 요소를 망라한다. 지력이나 금력 못지않게 중요한 것이 있다면 대인관계다.

지인이 야당 원내대표 선거에서 이겨 원내사령탑을 맡게 됐다. 축하할 일이다. 그는 재수 끝에 승리를 거머쥐었다. 우리 나이로 69세. 적지 않은 나이다. 그럼에도 특유의 성실성과 친화력으로 돌파했다. 지역구도 정말 열심히 챙긴다. 원내대표 선거 당일 밤 역시 지역구로 내려갔다. 서울에서 축배를 드는 대신 자신을 뽑아준 유권자를 만나러 KTX에 몸을 실었다. 도전정신으로 똘똘 뭉친 그가 다음에는 어떤 역사를 쓸까.

35 단골이 좋은 이유

사람은 누구나 편한 곳을 좋아한다. 내 집처럼 안락함을 느끼기 때문이다. 낯선 곳에 가거나 낯선 사람을 만나면 부담스럽다. 그래서 단골을 만들고, 자주 찾아간다. 단골이 많을수록 가게는 잘된다. 매출도 쑥쑥 오르고, 손님이 끊이지 않는다. 그런 집에는 분명 비법이 있다.

나도 똑같은 이유로 단골집을 찾는다. 우선 주인과 종업원이 친절하다. 회사 근처에는 20년 넘은 단골집이 서너 군데 된다. 20대 후반에 드나들어 쉰을 넘겼으니 단골로 손색이 없다. 단골집에서는 남부럽지 않다. 어떠한 손님보다도 환대를 받는다. 항상 가족처럼 대해주는 그들이 고마울 따름이다.

일요일 정오쯤 시골 친구와 산행을 마치고 막 하산하는 길이었다. 매번 무엇을 먹을까 함께 고민한다. 보통 보리밥이나 두부찌개 가운데 하나를 선택한다. 둘 다 언제 먹어도 맛있다. 그런데 전화벨이 울렸다.

"오 국장님, 옻순이 나왔는데 먹으러 오세요."

불광동 단골집 직원이 전화를 걸어왔다. 다소 먼 거리지만 그곳으로 발길을 돌렸다. 싱싱한 옻순을 초고추장에 찍어 먹었다. 맛은 달리 설명할 필요가 없다. 그날 아침 직접 뜯은 것이란다. 옻순은 몸에 좋아 인기다. 매년 챙겨준다. 단골집이 있어 행복한 오후였다.

36 민중의 지팡이

경찰관을 민중의 지팡이라고 한다. 국민의 안전을 가장 가까이서 보장한다. 분명 고마운 이들이다. 그런데도 성가신 존재로 더 부각돼 있다. 어쩌다 길에서 그들을 맞닥뜨리면 괜히 켕긴다. 잘못이 없는데 주변을 둘러보게 된다. 예로부터 내려온 경찰에 대한 선입견 때문이다. 경찰이 신뢰를 회복하려면 그것부터 빨리 씻어내야 한다.

우선 경찰은 숫자가 많다. 지역 치안을 책임지다 보니 인원이 많을 수밖에 없다. 사고도 심심찮게 친다. 오죽했으면 대통령이 그들의 일탈을 나무랐을까. 일부 경찰관의 그릇된 행동인데도 전 경찰이 욕을 먹는다. 민중의 지팡이 역할을 다하지 못한 까닭이다. 경찰 역시 정신교육이 첫째다. 본연의 임무를 다할 수 있도록 정신 무장을 해야 한다.

오래전부터 알고 지내온 분이 서울 시내 요지의 지구대장으로 있다. 경찰관만 50명이 넘는다고 하니 큰 규모다. 그는 전혀 경찰관 냄새가 나지 않는다. 수수한 말투와 차림새는 영락없이 이웃집 아저씨다. 임지를 옮길 때마다 전화를 걸어온다. 10여 년 전 파출소장을 할 때도 들렀었다. 그때나 지금이나 똑같이 처신한다. 그런 분이 있는 한 경찰의 미래는 어둡지 않다.

37 양평 가는 길

우리나라에는 아름다운 곳이 많다. 도심을 조금 벗어나면 산과 강이 맞닿는다. 전 세계 어느 곳을 가보아도 흔치 않다. 축복받은 땅임에 틀림없다. 그런데 많은 사람들이 그 고마움을 잊고 산다. 지척에 있기 때문이다. 대륙을 여행하고, 사막을 달리다 보면 쉽게 느낄 수 있다.

특히 한강 이북 경기도와 강원도는 빼어난 산수를 자랑한다. 한 폭의 수채화를 옮겨놓은 듯하다. 오랜만에 양평을 다녀왔다. 오후 2시쯤 서울시청 앞을 출발했다. 언제나 그렇듯이 시내 소통은 원활하지 못하다. 남산 1호 터널까지 가는 데만 30분쯤 걸렸다. 시내에서는 달리 방법이 없다. 짜증이 나더라도 참아야 한다.

올림픽대로–팔당대교–양수리–양평으로 이어지는 길은 환상적이다. 한강을 끼고 자연의 청정함과 자유로움을 만끽할 수 있다. 무엇과 견주어도 손색이 없다. 난개발이 아주 없는 것은 아니지만 보존 상태가 비교적 양호한 편이다. 푸른 강물은 가슴속까지 시원하게 만들어준다. 풍광에 취해 졸음은 금세 달아난다. 드라이브 코스로는 최고다. 말벗이라도 있으면 더없이 좋았을 텐데 혼자 가는 것이 아쉬웠다. 돌아오는 길의 야경도 황홀했다.

38 섬김의 정치

정치인들은 말을 참 잘한다. 말도 무기가 된다. 특히 선거에서는 그렇다. 아무리 실력이 뛰어나도 눌변이면 점수가 깎인다. 그래서 대중연설에 신경을 많이 쓴다. 청중을 휘어잡는 연설로 일약 스타덤에 오르기도 한다. 동서양이 다를 게 없다. 버락 오바마 미국 대통령도 연설 솜씨 덕을 톡톡히 봤다.

말에 묘미가 있는 반면, 실천이 따르지 않을 경우 공염불이 된다. 정치인들의 공약은 허무맹랑한 것이 많다. 일단 당선되고 보자는 계산에서 말을 쏟아낸다. 전혀 가능성이 없는 것도 그럴듯하게 포장한다. 유권자 역시 거짓인 줄 알면서 믿으려는 구석이 있다. 기대심리 때문이다. 이 같은 점을 교묘하게 이용하는 능력이 정치인들에겐 있다.

군수 재선에 도전하는 친구가 있다. 선거사무소 개소식에 다녀왔다. 마치 축제의 현장 같았다. 무엇보다 출마의 변이 유권자들을 감동시켰다. 처음부터 끝까지 섬김으로 일관했다. 그는 4년 동안 섬김의 정치를 실천했다. 목민관으로서 자세를 낮추고 밑바닥을 훑었다. 구석구석을 누비며 마을 어른들을 잘 모셨다. 처음에 반신반의하던 주민들도 그의 진심을 읽었다. 지탄받는 기초단체장이 적지 않은 가운데 그가 돋보이는 이유다.

39 인생은 모방이다

삶의 정의를 내릴 수 있을까. 정답은 없을 게다. 잘살면 된다. 그러나 말처럼 쉽지 않은 게 또한 그것이다. 인생의 반을 살았다. 쉼 없이 달려만 왔다. 뒤를 돌아볼 겨를도 없었다. 나만 그럴까. 그렇지 않다. 또래의 대부분이 비슷한 전철을 밟아왔다. 따라서 크게 낙심할 이유가 없다. 동병상련이라지 않던가.

나름대로 인생을 정의해본다. 인생에 창조는 없다고 생각한다. 창조주인 신 이외에 전지전능한 존재가 없는 까닭이다. 그렇다면 모방을 통해 인생을 설계하는 것이 맞을 터. 따라하기 위해 배운다. 독서도 하고, 자격증도 딴다. 처음부터 성공한 사람은 없다. 후천적 노력을 통해 성공을 일군다. 남들보다 모방을 훨씬 일찍 깨우친 사람으로 볼 수 있다.

내가 강의를 할 때 강조하는 것이 있다.

"인생은 모방이다."

처음에는 영문을 몰라 어리둥절한다. 잠시 뒤에는 고개를 끄덕인다.

"오늘 강의에서 공감하는 대목이 있으면 한 가지라도 따라하세요."

그러면 발전이 있다. 남의 것을 내 것으로 만드는 것도 능력이다. 따라한다고 창피할 것이 없다. 사람마다 존경하는 인물이 있

다. 그렇게 닮고 싶어서 마음속에 설정하는 것. 나도 모방하는
데 주저하지 않는다.

40 마라톤 잔치

달리는 사람들이 많다. 남녀노소를 가리지 않는다. 건강을 위해서다. 어느덧 취미가 된다. 달리지 않고서는 좀이 쑤셔 견딜 수가 없다. 이쯤 되면 마니아급. 마라톤이 전 국민의 운동으로 자리잡아 가고 있다. 대회마다 풀코스는 아니어도 하프, 10킬로미터, 5킬로미터에 도전하는 사람들이 수천에서 수만 명씩 된다.

상암 월드컵경기장 평화공원에서 마라톤 잔치가 열렸다. 형형색색의 참가자들이 속속 도착했다. 가족단위로 나온 이들이 적지 않았다. 벽안의 외국인도 수십 명 눈에 띄었다. 달리는 데는 국경도 없었다. 5월 중순, 날씨가 더없이 좋았다. 하늘엔 구름 한 점 끼지 않았다. 최상의 조건이었다. 참가자들은 출발 전부터 축제 분위기였다. 치어리더와 함께 몸을 풀면서 싱그런 내음을 만끽했다.

출발 총성과 함께 하프마라톤 참가자들이 먼저 출발했다. 5천 명 가까이 됐다. 여러 마라톤 동호회에서 단체로 참가했다. 장애인 수십 명도 도전했다. 이어 10킬로미터, 5킬로미터 순으로 출발해 한강변을 달렸다. 기록을 의식하지 않는 만큼 마음껏 달렸다. 중간에 쉬어도, 포기해도 탓할 사람이 없다. 말 그대로 잔칫집 분위기다. 함께 달리지 못하는 것이 못내 아쉬웠다. 내년 대회에는 꼭 참가해 완주하고 싶다.

　　　　말이 점점 거칠어진다. 좋은 말이 많은데도 험한 말을 자주 쓴다. 입에 담기 어려운 말도 쏟아낸다. 욕(辱)으로 도배질하는 댓글이 수두룩하다. 낯이 뜨거울 정도다. 욕설도 배설의 일종일까. 욕을 하면 시원하다고 말하는 사람도 있다. 무의식중에 튀어나오는 것이 문제다. 점잖은 사람도 무심결에 욕을 한다. 욕이 생활화되어 있기 때문이다.

　천진난만한 아이들도 욕부터 배운다. 주위의 환경 탓이리라. 욕은 듣지 않고선 따라할 수 없다. 누군가로부터 듣고 배운다. 무엇보다 가정교육이 중요한 이유다. 집안에서 욕을 하면 쉽게 따라한다. 어른들이 그러니까 당연한 것으로 여긴다. 세 살 버릇 여든 간다고 한다. 욕을 배우면 고치기 어렵다. 하지 않는 것이 최선이다. 윗사람이 모범을 보일 필요가 있다.

　나는 어떨까. 장담컨대 욕을 하지 않고 살아왔다. 하지 않으니까 쓸 줄도 모른다. 친구 사이에서 흔히 쓰는 "임마"도 하지 않는다. 이름을 부르면 될 일이다. 때문인지 '신사' 라는 별명을 듣고 있다. 신사가 욕을 할 수 없기에 더더욱 못 쓸 터다. 스물셋인 아들 녀석도 욕하는 것을 보지 못했다. 그것은 아버지를 닮으라고 했다. 욕을 하지 않는 사람은 욕먹을 짓도 하지 않는다.

　　　　　　낯선 사람을 만나고, 낯선 곳을 방문하는 것은 즐거운 일이다. 여행이 인기를 끄는 이유다. 연간 수십억 명이 세계 각 나라를 여행한다. 그래서 항공산업도 비약적인 성장세를 이어가고 있다. 요즘 세계는 하나가 됐다. 비행기를 탈 경우 하루나 이틀이면 모두 갈 수 있다. 더 이상 먼 나라의 얘기가 아니다.

　운이 좋아 세계 여러 곳을 둘러볼 수 있었다. 오세아니아 주를 빼고 다 돌아다녔다. 미주, 유럽, 아시아, 중남미, 아프리카까지 발을 디뎠다. 순전히 여행 목적으로 간 것은 한 번도 없었다. 취재차, 견학차 나갔다. 시간이 넉넉할 리 없다. 수박 겉핥기식으로 맛만 봤을 뿐이다. 그래도 외국여행은 설렘을 자아낸다. 그것 역시 좋다.

　친구의 초청으로 호주 멜버른을 다녀왔다. 덕분에 5대양 6대주를 돌아보게 됐다. 아직도 흥분이 가라앉지 않는다. 3년 만에 국제선을 탔다. 사실 직장인은 외국여행을 자주 할 수 없다. 경제적 사정도 그렇지만, 시간을 내기도 여의치 않다. 큰맘을 먹어야 떠날 수 있다. 아내와 동행하지 못해 다소 아쉬웠다. 아내는 토라질 만도 하지만 정성껏 짐을 챙겨주었다. 그런 아내가 있어 행복하다. 공항까지 마중 나온 아내가 더없이 사랑스러웠다.

43 답신

　　살아감에 있어 중요한 게 인연이다. 특히 사람 사는 세상에서는 그렇다. 나 혼자만 살 수 없다. 인연의 매개체는 소통이다. 그것을 통해 인연을 더욱 돈독히 한다. 여러 가지 방법이 있다. 직접 만남을 비롯해 전화, 메시지, 편지, 이메일 등 수단이 많다. 여기서 간과해서는 안 될 것이 있다. 답(答)하는 예의가 필요하다.

　　회사 행사 후 다섯 분과 점심을 함께 한 적이 있다. 이런 저런 얘기를 나누었다. 점심을 마치면서 책 다섯 권을 선물로 드렸다.

　　"제가 최근 쓴 책이니 일독해 주시면 감사하겠습니다."

　　그날 오후 한 분에게서 이메일이 왔다.

　　"처음 만남에서 인생에 도움이 되는 좋은 말씀을 해주시고, 더구나 귀한 책에 서명을 곁들여 선물해주심에 감사드립니다."

　　다른 네 분은 일절 연락이 없었다. 메일을 보내주신 분이 얼마나 고맙겠는가. 식사 자리에서도 그분의 품성을 읽을 수 있었다.

　　나는 스팸메일을 빼곤 모든 분들께 반드시 답장을 한다. 전화 역시 마찬가지다. 생활화하고 있기 때문에 귀찮지 않다. 오히려 소통을 할 수 있어 기쁘게 생각한다. 그래서 몰랐던 분들과 연락을 하고, 만남도 갖는다. 또 다른 기쁨을 누리는 것이다. 답장을 하는 데 인색하지 말자.

44 바보 군수

　　"인구 8만의 작은 마을 완주. 이곳은 더 이상 우울한 시골 마을이 아니다. 모두가 떠나버린 텅 빈 마을에 하나둘 사람들이 몰려오고 있다. 비어있던 부지엔 첨단 산업단지가 들어서고 있으며, 웃음을 잃었던 노인들이 땀을 흘려가며 함께 마을 농사를 짓고 있다. 어린이들의 가슴에도 작은 희망의 피어나고 (…)"

　　박원순 변호사가 상임이사로 있는 희망제작소에서 펴낸 책의 내용 중 일부다. 제목은 『바보 군수의 희망보고서』이다. 주인공은 임정엽 전북 완주 군수. 그는 '희망을 여는 사람들'의 여덟 번째 인물로 선정됐다. 친구이기에 축하할 일이다. 자치단체장의 비리가 끊이지 않는 터여서 더욱 주목받고 있다. 앞으로 더 열심히 하라는 채찍으로도 여겨진다.

　　그가 군수로 있는 완주엘 서너 차례 다녀온 적이 있다. 정말 열심히 군정을 살폈다. 주말엔 운동화와 점퍼차림으로 2개 읍, 11개 면을 둘러본다.

　　"주말에 쉬지 그러느냐?"고 물어봤다. "할 일이 많다"는 대답이 돌아온다. 일 자체가 즐겁단다.

　　"100년에 한 번 나올까 말까 한 군수님."

　　완주 지역 주민들이 그를 두고 하는 말이다. 바보를 자처하는 나다. 바보 군수를 둔 게 자랑스럽다. 훗날 바보끼리 할 말이 많을 듯싶다.

45 이분법

우리 사회는 언제부턴가 반으로 갈린 듯한 느낌이다. 모든 것을 그런 시각으로 바라본다. 피아(彼我)의 개념이 너무 확연해지는 것 같다. 따라서 우리라는 동일체 의식과는 거리가 멀어지고 있다. 사회 통합이 보다 어려워지고 있다는 얘기다. 바람직한 현상은 아니라고 본다. 민주주의가 다양성을 추구하지만 이분법적 사고는 위험성을 안고 있기도 하다.

보수와 진보 논쟁이 그것이다. 교육감 선거에서 극명하게 드러났다. 후보 스스로 보수와 진보를 내세웠다. 보수진영의 단일후보, 진보진영의 단일후보를 대단한 감투인 양 선전했다. 그것이 선거에 영향을 미쳤음은 물론이다. 보수 또는 진보가 아닌 후보는 한 명도 당선되지 못했다. 중도가 전멸한 것이다. 이를 어떻게 보아야 할까. 유권자의 성향을 보면 중도가 가장 많다.

편 가르기에는 언론이 일조한다. 여론조사를 할 때부터 이분법적 사고로 접근한다. 북풍이니, 노풍이니 하는 것도 언론이 만들어낸 용어다. 독자로 하여금 중독되게 한다. 한 번 두 번 듣다 보면 익숙해지는 경향이 있기 때문이다. 자칫 국론분열로 이어질 수 있다. 그럼에도 언론은 책임을 지지 않는다. 스스로의 잘못엔 인색하다. 이분법적 사고를 고칠 때도 됐다.

46 불쾌한 청첩장

경조사는 품앗이 성격이 강하다. 지인들과 함께 기쁨과 슬픔을 나눈다. 그래서 가급적 참석하려고 노력한다. 상대방이 찾아오면 답례로 가는 것이 예의다. 결혼식은 청첩장을 보고, 상갓집은 부음란이나 메시지를 보고 찾아간다. 연락을 할 때도 결례를 하지 말아야 한다. 한두 번 만난 사람에게 연락하는 것은 잘못이다. 상대방이 충분히 이해할 때 보내는 것이 맞다.

하루에도 2~3통의 우편물이 배달된다. 책자 등 인쇄물이 많은 편이다. 그 다음은 청첩장이 될 듯하다. 잘 아는 지인에게서 오면 먼저 축하할 마음이 생긴다. 물론 결혼식장도 찾는다. 그런데 예기치 못한 청첩장을 받을 때도 있다. 이름 정도 아는 분이 청첩장을 보내왔다. 십수 년간 왕래가 전혀 없었다. 나에게만 보낸 것이 아니었다. 얼굴을 아는 사람에게는 모두 보내왔다. 다들 떨떠름한 표정이었다.

주소록을 보고 무조건 보내는 사람들이 있다. 아니면 말고다. 상식이 있는 분들 가운데도 더러 있다. 속이 보인다고 밖에 할 수 없다. 이런 경우 그동안 쌓아왔던 인격도 하루아침에 무너진다. 연락을 취할 때는 내가 한 행동부터 되돌아봐야 한다. "나는 인간된 도리를 했느냐"가 첫 번째다.

47 정풍운동

우리나라 사람만큼 정치에 관심 있는 민족도 드물 것이다. 모두가 전문가다. 평론가 뺨칠 정도로 해박한 지식을 갖고 있다. 가상 시나리오도 잘 쓴다. 루머까지 가해지면 한 편의 소설이 된다. 그러니 실제 정치권에 있는 사람들은 말할 나위가 없다. 여러 가지 억측을 만들어낸다. 물론 확인되지 않은 사실이 많다.

문제는 내 탓을 하지 않는다는 것. 모든 것이 남의 탓이다. 나 아닌 상대방의 잘못만 꼬집는다. 진행형일 때는 아무런 말도 하지 않다가 결과를 보고 벌떼처럼 모여든다. 누구든지 쉽게 할 수 있다. 잘못된 결과에 대해 이유를 수백 가지도 댈 수 있다는 얘기다. 왜 미리 대책을 세우지 못했을까. 거기에 대해서는 일언반구도 없다. 떳떳치 못한 행위다.

여당의 소장파 의원들 사이에 정풍운동이 불고 있다. 조용하던 사람들이 갑자기 목소리를 키우고 있다. 선거 패배에 따른 대책을 논의하면서 무차별 공격을 가한다. 국민들은 이들의 행위를 어떻게 볼까. 마냥 잘한다고 박수를 보내지 않을 듯싶다. 집단행동으로 반사이익을 얻으려는 심산이 깔려 있는 것 같다. 적어도 내 눈에는 그렇게 비친다. 우리는 정치의 낙후성을 면치 못하고 있다. 패거리 정치가 그것이다.

48 곱게 늙으려면…

100세 수명시대가 멀지 않은 것 같다. 장수하는 노인들이 기하급수적으로 늘어나고 있다. 이에 따라 여러 가지 사회적 문제들도 도출된다. 하지만 오래 산다고 싫어할 당사자는 없을 게다. 하루라도 더 살고 싶어하는 것이 인간의 욕망이다. 불로장생도 그런 데서 연유했을 터. 늙지 않고 오래 살 수만 있다면 더 이상 무엇을 바라겠는가.

같은 나이인데도 외모는 사뭇 다르다. 젊어 보이는 사람이 있는 반면, 나이보다 훨씬 더 들어 보이는 이도 있다. 동안(童顔) 그룹이 전자다. 나이를 무색케 할 정도로 젊다. 칠순을 넘긴 선배가 있다. 흰머리도 적다. 얼굴은 50대 중후반으로 보인다. 그래서 누구도 선배의 나이를 알아맞히지 못한다. 선배는 분명 복 받은 인생이다. 남이 갖지 못한 그것을 누리고 있으니까……

곱게 늙는 데 비결이 있을 리는 없다. 그러나 노력하면 가능할 법도 하다. 우선 운동을 게을리하면 안 된다. 뭐니 뭐니 해도 운동이 첫째다. 다음은 스트레스를 줄이는 것. 살다 보면 스트레스를 아주 안 받을 수 없다. 최소화하는 방법을 스스로 찾아야 한다. 욕심도 줄일 필요가 있다. 욕심이 과하면 화를 불러온다. 곱게 늙는 연습을 미리 해두자.

49 자신감

인간의 능력은 무한대다. 꿈도 꾸지 못한 일을 해낸다. 그래서 만물의 영장, 위대한 동물이라고 하는지 모르겠다. 이집트의 피라미드를 비롯한 7대 불가사의도 인간이 이뤄냈다. 그 옛날, 맨손으로 일궈낸 것이다. 무엇이 인간으로 하여금 기적을 만들게 했을까. 끝없는 욕망과 자신감으로 본다.

일을 하다 보면 난관에 부딪힐 때가 적지 않다. 외적 요인이 많지만 내적 요인도 무시할 수 없다. 안 되는 이유는 100가지를 더 댈 수 있다. 만들어내기도 쉽다. 이런 저런 상황과 조건을 들며 할 수 없다고 말한다. 매번 핑계와 이유를 대는 사람들이 있다. 그래선 한 발짝도 앞으로 나아갈 수 없다. 제자리걸음을 고수하는 이들이다. 그것이 편하기 때문이다.

"할 수 있다"는 자신감이 가장 중요하다. 조직에서도 그런 진취적 성향을 가진 사람들이 대접받고, 성공한다. 실패를 두려워하지 않는 까닭이다. 성공이 있으면, 실패도 있기 마련이다. 실패는 성공의 어머니라고 했다. 그런데도 실패를 두려워한 나머지 도전을 멀리한다. 국가 지도자는 도전정신을 고취시켜야 한다. 그 자신부터 앞장서야 함은 물론이다. 국가의 미래를 위해서다. 매사에 자신감을 갖자. 사고도 긍정적으로 바뀐다.

50 세상은 아름답다

어떻게 하면 잘 살 수 있을까. 모든 인류의 바람이다. 세상에 태어난 이상 재미있게 살고 싶어 한다. 그것을 위해 이것저것 시도한다. 취미도 같은 맥락이다. 골프, 등산, 바둑, 낚시, 조깅, 독서 등 수만 가지도 넘을 터. 나에게 맞는 것을 골라 재미를 붙이면 된다. 그 주체가 자신이라는 것을 잊으면 안 된다. 남이 절대로 내 인생을 대신 살아줄 수 없는 이치와 같다.

살면서 가장 중요한 것을 꼽으라면 긍정적 사고다. 긍정은 부정을 이길 수 있다. 또 자신감을 심어준다. 그런데 매사를 곱지 않은 시선으로 보는 이들이 의외로 많다. 무조건 반대부터 하는 부류도 있다. 그것을 잘하는 행위로 간주한다. 세상을 아름답게 보지 않기 때문이다.

살아 있는 것만으로도 행복을 느껴야 한다. 병원 중환자실에 가보라. 사경을 헤매면서도 희망의 끈을 놓지 않는다. 아름다운 세상을 더 살기 위해서다. 건강할 때는 삶의 의미를 지나친다. 하루하루 지겹게 생각하기도 한다. 이럴 땐 낙천적으로 생각을 바꿀 필요가 있다. 힘들다, 어렵다고 생각하면 할수록 더 위축된다. 이제부터라도 "세상은 아름답다"라는 주문을 외자. 오늘이 아름다우면, 내일도 아름답다.

50 기자(記者)와 정자(精子)

검사 스폰서 문제로 시끄럽다. 부산지역에 근무했던 검사들이 건설업자로부터 향응을 받았다는 것이 골자다. 검찰진상조사단의 자체조사에 이어 특검이 나설 태세다. 검찰로서는 치욕적인 일이 아닐 수 없다. 그러나 폭로 내용 가운데 일부는 사실로 드러났다. 검찰은 입이 열 개라도 할 말이 없게 됐다.

법조를 오래 출입한 관계로 그들의 생리를 잘 안다. 이미 터질 일이 늦게 터졌다고 보면 될 것 같다. 자업자득인 셈이다. 몇 차례 환골탈태를 강조했지만 구두선에 그쳤다. 너무 가혹하지 않느냐고 항변하는 구성원들도 있단다. 억울할 수도 있지만 자숙하고, 참회해야 한다. 그래야 국민의 신뢰를 회복할 수 있다.

어느 회의석상에서 검찰을 나무란 적이 있다.

"많은 검사들을 보아왔지만 존경받을 만한 분은 드문 것 같아요. 천 명에 한 명 정도 될까요."

한 분이 기자인 나에게 즉각 반박했다.

"기자는 남자의 정자와 같다고 하더군요. 정자는 2억 마리 가운데 한 마리만 난자와 결합한다지요."

순간 얼굴이 화끈거렸다. 기자가 검사보다 나을 게 없다는 얘기였다. 사실 기자의 비리도 자주 보도된다. 칼을 쥐었다고 일방적으로 비판하는 것도 옳지 못하다. 2억분의 1이 되기 위해 다짐, 또 다짐을 한다.

52 우울증 이기는 법

잠이 오지 않는다. 갖은 방법을 동원해도 정신이 더욱 맑아진다. 밤을 꼬박 샌다. 그렇다고 낮에 잠이 오는 것도 아니다. 이튿날도 마찬가지다. 불면증이 심한 경우다. 이런 고통을 겪고 있는 사람들이 의외로 많다. 겉은 멀쩡하지만, 정신이 피폐해진다. 겪어보지 않은 사람들은 그 고통을 미루어 짐작할 수 없다.

불면증은 우울증으로 이어진다. 며칠이고 잠을 자지 못한다고 생각해보라. 얼마나 끔찍한 일인가. 지인이 경험담을 털어났다.

"우울증을 잘 몰랐다. 남의 일인 줄 알았다. 막상 내가 겪어보니 정말 고통스러웠다. 왜 사는지 회의감이 들면서 죽게 될지 모른다는 생각도 들었다"고 말했다. 너무 진지해서 듣는 나도 전율을 느꼈다.

우울증은 누구나 겪는다. 울적해지는 마음이 그것이다. 정도가 심하면 의사의 처방을 받게 된다. 그보다는 자가치료를 권하고 싶다. 약물에 의존하다 보면 더 심해진다. 몸과 마음을 정갈하게 할 필요가 있다. 운동이 가장 좋다. 땀을 흘리고 나면 몸이 상쾌해진다. 지인 역시 운동을 통해 우울증을 극복했단다. 잠을 충분히 자는 것도 방법이다. 잠이 오면 시간과 장소를 가리지 않고 눈을 붙여라. 우울증은 절대로 두려운 대상이 아니다.

53 그해만큼이나 뜨거웠다

　　2010년 6월, 국민들은 또다시 기억할 것이다. 대한 남아의 씩씩한 기상을……. 한국 월드컵 대표 선수들은 정말 잘 싸웠다. 원정경기 최초로 16강에 올랐다. 국민들도 힘찬 박수를 보냈다. 밤샘 응원도 마다하지 않았다. 전국이 함성으로 들썩거렸다. 남녀노소 모두가 한마음이었다.

　　"이렇게 좋을 수가 없다."

　　"유쾌한 도전은 끝났다."

　　칭찬과 아쉬움 일색이다. 8강 문턱 좌절까지 네 차례 경기를 지켜봤다. 우리 선수들은 덩치 큰 외국선수들에게 주눅 들지 않았다. 뛰고, 넘어지고, 또 뛰었다. 국내 프로축구 리그가 있지만, 열악한 환경이다. 그 속에서 일궈낸 것이기에 더욱 값지다.

　　8년 전 월드컵 4강 때가 기억난다. 당시는 일본과 공동 개최국이었다. 프리미엄이 아주 없다고 할 순 없었다. 4강까지 올라갔으니, 말 그대로 열광의 도가니였다. 서울 시청 앞은 그때부터 응원의 메카로 자리잡았다. 거리응원의 시초인 셈이다. 질서 정연한 응원에 외신들도 큰 관심을 보였다. 문화산업으로 내세울 만큼 자랑거리가 됐다. 한류(韓流)로 부족함이 없다. 4년 뒤 월드컵이 또 열린다. 그때는 원정 16강을 뛰어넘어 8강, 4강, 결승으로 도약했으면 좋겠다. 나만의 바람은 아닐 터다.

54 주유천하(周遊天下)

노는 것만큼 재미있는 것은 없다. 아이들에게 물어본다. "무엇을 제일 하고 싶으냐." 십중팔구 대답은 똑같다. "놀고 싶다"고 얘기한다. 어른 역시 마찬가지다. 놀 때는 스트레스를 받지 않는다. 그러나 매일 놀면 사정이 달라진다. 노는 것이 일과라고 생각해보라. 무엇을 하고 놀까 고민을 한다면 스트레스를 받게 될 터. 적당히 일을 하고 노는 것이 가장 좋다.

아무 하는 일 없이 놀고먹는 것을 무위도식이라고 한다. 이런 생활이 계속된다면 얼마나 따분하겠는가. 팔자가 좋다고 부러워할 이도 있을 것이다. 노후를 여유 있게 보내고 있는 분들이 있다. 일주일에 세네 번 골프를 친다. 해외여행도 자주 한다. 이들에게 고민이 없을 법하다. 하지만 얘기를 들어보면 그렇지 않다. 무미건조하단다. 자기만의 삶이 없기 때문이다.

외국에 나가 있는 친구에게서 전화가 왔다.

"이제 이런 저런 욕심 부리지 않을 걸세. 우리 주유천하 하면서 살아가자구……."

친구의 마음이 읽혀졌다. 즉각 화답했다.

"잘 생각했네. 그것이 잘 사는 길이야."

천하를 두루 돌아다니면서 구경을 하면 여유가 생길 것이다. 특히 마음이 맞는 벗과 주유천하를 한다면 더 이상 바랄 것이 있겠는가. 벗의 마음씨가 고맙다.

55 박수칠 때 떠나라

정상에 오르는 것은 정말 어렵다. 운도 따라야 된다. 누구나 오를 수 있는 것도 아니다. 모든 사람들이 정상을 향해 달린다. 그 분야의 최고가 되기 위해서다. 갖은 노력 끝에 정상에 올랐다고 하자. 그 자리를 지키는 것 또한 보통 일이 아니다. 끊임없는 도전을 받기 때문이다.

정상에 오르면 모든 이의 찬사를 받는다. 그동안 흘린 피와 땀의 대가다. 또 세계 최고, 국내 최초, 사상 최대 등의 수식어가 따라붙는다. 그러나 끝까지 정상에 머물 순 없다. 그것이 세상사의 이치다. 어떠한 기록도 깨지는 법. 세월이 흐르면 과거로 기록된다. 이를 아쉬워할 필요가 없다.

정상에 오르면 내려올 때를 알아야 한다. 그래야 유종의 미를 거둘 수 있다. 조금 더, 조금 더 하다간 기회를 잃고 만다. 그땐 영광을 뒤로 한 채 빛이 바랠 수도 있다. 그래서 "박수칠 때 떠나라"는 말을 한다. 결단이 쉽지 않을 터. 어떻게 해서 이룬 업적인데 스스로 내려오는 것이 쉽겠는가. 뒤를 돌아보지 않고 미련 없이 결정하는 이들이 있다. 더 뜨거운 박수를 받는다. 또 다른 내일이 있다는 것을 아는 사람들이다. 그들은 또 다시 정상을 밟을 수 있다. 한 번 정상에 오른 적이 있기에……

56 마음의 병이 크다

아픈 것이 가장 고통스럽다. 경험하지 않은 사람들은 이해할 수 없다. 괜히 꾀병을 부린다고 핀잔을 준다. 겉은 멀쩡하니까 그렇게 보일 수도 있다. 그러나 아픈 사람의 속은 타들어간다. 하루라도 빨리 고통에서 벗어나고 싶은 심정이다. 귀가 얇아지는 이유이기도 하다.

현대의학이 아무리 발달했어도 못 고치는 병이 많다. 검사결과 이상이 없는 경우다. 그러나 환자는 고통을 호소한다. 이 병원, 저 병원 문턱을 수없이 두드린다. 주위에서도 권유한다. 손해볼 것이 없으니 한번 가보라는 말에 발길을 돌린다. 여기에다 민간요법까지 병행해 치료를 시도한다. 하지만 별반 효과를 거두지 못하는 것이 사실이다.

나도 몇 년째 두통으로 고생을 하고 있다. 검사중독증이라는 소리를 들을 만큼 각종 검사를 받았다. 매번 결과는 '이상무'다. 의사로부터 그런 소리를 들으면 기뻐해야 한다. 그러나 마음이 가볍지만은 않다. 안도하면서도 두통을 염려해서다. MRI/A검사를 받았다. 이번이 무려 다섯 번째다. 역시 깨끗했다. 그래서 나름대로 결론을 내렸다.

"내 두통은 마음의 병이다. 이제는 정신력으로 극복하겠다."

아내도 잘 생각했다고 거든다.

57 그곳에도 희망은 있다

전직 대통령이 한 말이 있다.

"여러분들, 이곳에는 절대로 오지 마십시오. 올 곳이 못 됩니다."

그는 출소하면서 이 같은 소감을 털어놨다. 얼마나 고생을 했으면 첫마디가 이랬을까. 교도소나 구치소 생활은 해본 사람만 안다. 죄를 짓지 말고 그곳엔 안 가는 게 상책이다. 그러나 세상사가 어디 그런가. 한순간의 실수로 영어의 몸이 되기도 한다.

"39세 때까지는 한글을 잘 몰라서 신문을 볼 줄도 몰랐습니다. 신문의 글귀를 보면서 한글도 배우고, 지식도 얻고, 검정고시로 초등학교와 중학교를 졸업하였고, 현재는 고등학교 공부를 하고 있습니다. 이 모든 게 서울신문 측의 따스한 사랑에 힘을 얻어서 이룰 수 있었다고 생각합니다. 진심으로 머리 숙여 감사함을 전합니다."

어느 무기수가 보내온 편지다. 서울신문은 2009년 5월부터 교정시설에 '신문 보내기' 캠페인을 벌이고 있다. 기약이 없는 사람들, 특히 무기수들에게 희망을 주기 위해서였다. 1년이 넘어가면서 그 효과가 나타나는 듯하다. 우선 포기하지 않는 의지를 엿볼 수 있다.

"내일을 위해 열심히 살아가려고 합니다. 착한 사람이 되어 사회에 필요한 사람으로서 살아가겠습니다.”

편지를 보낸 이에게 꼭 행운이 찾아올 것으로 본다.

58 아들보다 딸이 낫다

지인과 점심식사를 마치고 지하철을 이용했다. 경로석 세 자리 가운데 한 곳이 비어 앉았다. 옆에는 60대 후반의 할머니 두 분이 앉아 있었다. 듣자하니 자식들 얘기를 했다. 자식 다섯을 둔 할머니가 말했다. 딸 둘이 용돈을 준다고 했다. 한 달에 30만 원, 20만 원씩 드리는 것 같았다. 그런데 아들 셋은 아무도 용돈을 주지 않는다고 푸념했다. 그러면서 "아들 녀석은 다 소용없어. 딸이 훨씬 낫다"고 했다.

옆에 있던 할머니도 거들었다. 장가간 아들이 며느리에게 꽉 잡혀 사는 것 같다고 꼬집었다.

"공항으로 간다고 전화합니다. 또 목적지에 가서는 도착했다고 전화를 해옵니다."

이 모든 것이 며느리가 시켜서 한다고 했다.

"아들이 며느리 몰래 용돈을 가끔 준다"고 했다. 왜 그럴까. 아들 부부가 함께 용돈을 드리면 훨씬 좋을 터. 며느리는 남의 식구여서 그럴까.

아들만 한 명을 둔 우리 부부에게는 예사롭게 들리지 않는다. 아내에게 종종 얘기하곤 한다.

"아들녀석에게 너무 큰 기대를 하지 마라. 기대가 크면 실망도 큰 법이야."

그래도 애 엄마는 아들 편을 든다.

“우리 아들은 그럴 리가 없을 테니 두고 봐.”
큰소리친다. 아내의 기대가 어긋나지 않아야 될 텐데…….

59 그놈의 자리가 뭐길래

자리 싫어하는 사람이 없는 듯싶다. 겉으론 사양하는 척한다. 그러나 속내는 그렇지 않다. 하고 싶어서 안달이다. 당장 눈앞에 영화가 어른거리기 때문이다. 갖가지 상상을 해본다. 현대는 계급사회다. 평등을 외치지만 그렇지 않다. 계급이 존재하는 한 완전평등은 실현하기 어렵다.

자리를 차지하기 위해서는 수단과 방법을 가리지 않는다. 인사가 공평하게 이뤄지지 않는 데 그 원인이 있다. 이른바 '실세'들이 사유물인양 인사를 전횡한다. 그들에게 선을 대야 어떤 자리든 차지할 수 있다. 우리나라의 경우 유독 심한 것이 문제다. 애써 노력해온 사람보다 굴러온 돌이 더 대접을 받는다. 정권이 바뀔 때마다 같은 현상이 반복되고 있다. 더 곪아터지면 권력투쟁으로 비화된다. 전 정권의 전철을 고스란히 밟는 모습에 국민의 실망은 더욱 커진다.

옷에도 치수가 있듯 자리 역시 분수를 알아야 한다. 그렇지 않으면 반드시 사고를 치고 만다. 능력이 없으면서도 자리를 차지한 결과다. 자리를 고사하는 이들도 있다. "내 능력에 맞지 않는다"고 말한다. 이들이야말로 훌륭한 사람들이다. 자기 분수를 알고, 스스로 낮출 줄 알기 때문에 더 존경받는다.

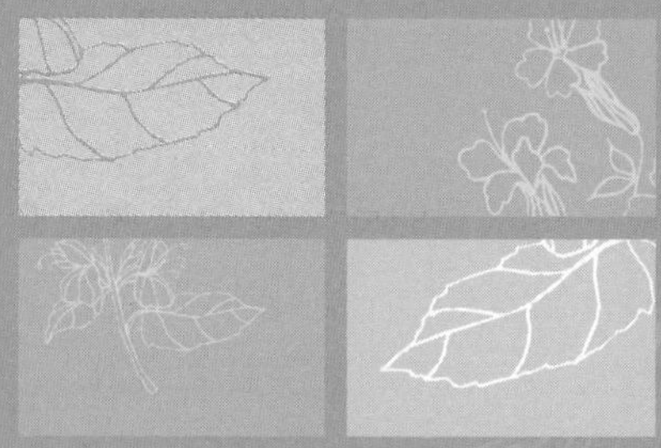

살아가는 이유

여전히 낮에는 무더워서 몸이 노곤하지만, 밤 시간은 선선하고 쾌적해서 기분이 좋아집니다. 오늘은 달이 많이 찼네요. 안방 침대에 누워 산으로 넘어가는 달을 볼 수 있는 집에 산다는 것이 얼마나 감사한 일인지 오늘도 감동하고 있습니다. 인생은 이래서 살만한가 봅니다.

풀벌레 우는 밤

낮 시간은 햇빛 때문에 눈이 부시고 밖에서 오는 소음 때문에 지치고, 그래서 누워만 있는데도 쉼이 방해가 됩니다.

금요일은 겨우 회복된 몸으로 다시 치료를 받으러 갔다가, 체력이 온통 소진된 채로 돌아와 누워버렸답니다. 메일을 보니 장모님께서 편찮으신 것 같은데, 가족이 입원해 있으면 온 집안이 소란하고 안정이 안 되는 것 같습니다. 자주 찾아뵙는 것이 입원하신 분께는 큰 위로가 될 것 같습니다. 저는 갑작스런 암 선고로 중환자가 되어 처음에 많은 분들께 민폐를 끼쳤기 때문에, 첫 해를 지나면서 가족들에게조차 알리지 않고 입원과 퇴원을 반복하는 게 몸에 배어버렸습니다.

두 딸들 외에는 친정식구와 시댁에도 알리지 않고 병원에 다녀서 다들 제가 얼마나 아픈지 잘 모르고, 다만 친정엄마와 아버지께서 지대한 관심으로 제게 수시로 문안전화(?)를 하셔서는 근심을 이런저런 위로로 표현해주시곤 하지요. 부모님께 불효한다는 게 이런 건가 싶습니다만 워낙 부모님께는 받기만 하는 게 제 인생인지 지금까지도 친정 부모님의 이런저런 도움을 받으면서 맘 편하게 살고 있는 걸 보면 제가 아직 부모님께로부터 독립을 못 하고 있나 봅니다. 6남매 중 외동딸이다 보니 아버지의 사랑이 남다르시거든요.

옆에서 보는 저의 딸들은 "엄마는 할아버지의 어화둥둥 사랑이야"라면서 웃곤 합니다. 그리고 가끔 "엄마는 아빠가 있어서 좋겠다”라는 말을 들으면서 가슴이 시리기도 합니다.

사람은 자기가 배부르면 남의 배고픔을 잘 못 느끼는 존재라, 제겐 아버지가 계시니까 딸들이 느끼는 아버지의 공백을 다 안다고는 할 수 없겠지요. 그건 어쩔 수 없이 인정해야 할 것 같습니다. 마치 친정엄마가 아버지 앞에서 투정 섞인 말로 이런저런 불평을 늘어놓으실 때, 가진 자의 여유를 보는 듯한 제 마음처럼 이겠지요. 사람은 이렇게 자기 자신을 기준으로 생각하다 보면 때론 상대의 마음과 상관없이 자기의 생각에 맞춰 말을 곡해하는 일이 많은 것 같습니다. 그래서 말을 조심해야 하고 상대를 살펴 이야기하는 것이 필요하다는 걸 절실히 느끼곤 합니다.

제 나이가 말해주는 건지 몸이 아파 그런 건지 모르겠지만, 몇 년 전부터 초저녁이면 잠이 쏟아져서 몇 시간을 정신없이 자고 자정에 일어나 다시 새벽까지 책을 읽고, 일기도 쓰고, 인터넷으로 세상과 소통도 하고, 그리고 밤을 꼬박 새는 날도 더러 생깁니다.

요새 먹고 있는 치료약은 수면 방해를 해서, 밤에 규칙적으로 꼭 자야 치료를 할 수 있기 때문에 일부러 수면제 힘을 빌어 잠을 자고는 있는데, 어제와 오늘은 그 패턴이 좀 깨지고 있네요. 오늘 하루 종일 낮에 누워있었는데도 힘이 들어서 초저녁부터 몇 시간을 내리 자고, 아이들 소리에 잠이 깨서 일어나니 선선해서 그런지 기운이 좀 납니다.

얼마 전에 친정아버지 서예작품을 모아 도록을 하나 만들어 드렸어요. 그곳에서 후기를 올려 응모하는 이벤트가 있었는데,

아버지 작품집이 1등으로 뽑혀 오늘은 하루 종일 기분이 좋았습니다.

저의 사랑하는 제자가 사진을 찍고 구성을 해서 올린 건데, 1등을 하고 나니 왠지 제가 효도를 한 것 같아 기분이 좋습니다. 몸이 아파서 부모님 마음에 근심을 안겨드리고 있는데 오랜만에 흐뭇한 소식을 전해드려서 아버지께서도 매우 흡족해하셨답니다.

30년 동안 쓰신 작품을 선별하려니 무척 힘이 들었지만 아직 작업 중인 도록이 몇 권 더 있는데, 차근차근 권수를 늘려가려합니다. 우선 두 권을 냈는데, 가족끼리 소장해서 가보로 남기려고요. 늘 작품전시회를 열어드리고 싶었지만 자녀들 형편상으로도 여유가 없고 또 아버지도 사양하셨습니다. 취미생활일 뿐이라고 겸손하게 말씀하시고 드러내기를 원치 않으셨는데, 도록을 내드리니 너무너무 좋아하시더라구요.

지금은 저희들 6남매가 어려서 찍었던 흑백사진을 정리해서 사진첩을 만들려고 작업 중에 있답니다. 물론 저는 그럴 만한 체력도 안 되고, 실력도 안 되지만, 제자가 실력 있는 웹디자이너라 이 작업을 맡겼습니다.

담달엔 아버지 엄마의 공원산책을 하시는 모습을 사진에 담아 작품을 출품해볼 예정에 있습니다. 제목은 제가 정했는데 '노부부의 일상', '노부부의 하루', '노부부의 동행' 중 하나로 하려고 합니다. 평범한 공원산책하시는 모습을 담아 보려구요.

사진 찍기를 워낙 싫어하시는 엄마도 제가 자주 카메라를 들이대니까 이제 조금은 익숙해지시는 것 같습니다. 요즘은 아파서 사진 찍는 일을 잘 못 하고 있는데, 종종 혼자 출사를 나가서 자연을 담곤 합니다. 몸이 회복되면 제일 하고 싶은 일이 차를 몰고 정한 곳 없이 국도를 달리다가 아무 데서나 멈추어 사진으로 담고 싶습니다. 조금만 벗어나면 인적이 드문 시골길들이 있는데, 인위적이지 않은 자연이 얼마나 아름다운지 모릅니다. 이 좋은 풍경을 사진에 담으며 자연스럽다는 건 이런 걸 말하는 거구나 하면서 혼자 감탄하곤 합니다. 다른 사람이 찍은 좋은 사진도 많지만 제가 찍은 사진이라는 데 의미도 있어 마음이 흐뭇합니다.

아픈 중에도 늘 사진을 남겨두곤 했는데, 훗날 '이런 고통스러운 시간들이 있었다는 걸 기억하면서 감사하면서 살아야지……' 하는 생각을 하곤 했지요. 조혈모세포 이식을 하러 이식실에 들어가서도 증거자료를 남기려고 그 흉한 모습들을 몇 개 남기는 열성…. ㅎㅎㅎ 지금도 미니홈피에 올려놓고 혼자 보면서 '이런 날들에 비하면 지금 너무 행복하고 감사한 거야……' 하면서 혼자 위로하곤 합니다.

참 간사한 게 사람마음인지라 더 편하고 싶고, 더 좋은 상황을 만들고 싶어질 때마다 그날들을 떠올리며 감사하는 마음을 갖습니다. 불평이라니, 웬 복에 겨운 소린가 하면서 말입니다.

며칠간 소식을 못 드렸는데 오늘도 주절주절 혼자 떠드네요. ㅎㅎ~ 딱딱한 글들을 많이 대하시는 분이시니까 이런 신변잡기 글도 좋으실 거예요. 제 일상보고서(?)가 선생님께 휴식이 되었

으면 좋겠네요. 이 시간에는 풀벌레 우는 소리만 사근사근 나네요. 이런 시간이 참 좋습니다. ^^

나는 무얼 할까?

칼 막스의 이론에 심취한 레닌이 큰 감동을 받고 나서 이런 말을 했다는군요.
"이제부터 내가 무얼 해야 할까."
오늘을 사는 저에게도 이 말은 도전할 수 있는 힘이 됩니다. 오늘도 일상적이고 사소하다면 사소한 선택의 연속이었습니다. 아침에 일어나 가족들을 위해 무슨 국을 끓여야 하나, 무슨 반찬을 할까. 입안이 헐어있는 둘째아이를 위해 맑은 국을 끓일까. 간식은 옥수수를 삶을까, 토실토실한 감자를 쪄놓을까…… 등등. 짧은 시간이지만 머릿속에서는 순식간에 그 많은 선택을 마치고 멸치랑 다시마를 넣은 맑은 국을 끓이기로 하고, 중탕기에 옥수수를 삶고, 흑미랑 수수를 넣은 잡곡밥을 하기로 결정합니다. 뚝딱뚝딱 밥과 국을 끓이고 나서, 어제 손질해둔 야채들을 송송 썰어 계란과 밀가루 반죽을 반반으로 맞추어 소금 간을 살짝 하니 형형색색 아름다운 부침개 반죽이 됩니다. 보기만 해도 먹음직스러워 보이는 반죽을 올려 부침개를 만들면서, 토요일이라 늦잠을 자던 아이들이 일어나면 감탄할 것을 기대합니다.
제가 듣고 싶은 말은,

“와 엄마, 언제 이렇게 맛있는 반찬을 했어요. 난 자느라고 몰랐는데……, 엄마 힘든데 좀 쉬세요.”

“와, 정말 맛있다. 역시 엄마표 반찬이 젤 맛있어.”

“엄마, 이거 우리 가르쳐줘. 우리도 시집가면 해 먹게요.”

하하, 대충 이런 말들이지요. 시집갈 때가 되어서 그런지 애들이 반찬이 입에 맞으면 꼭 물어보더라구요. 이건 어떻게 만드는 거냐, 무얼 넣느냐, 하고 물으면, 제가 “요즘 인터넷 치면 레시피가 다 있어. 그거 보고 맘에 드는 거 골라하면 돼”라고 말하곤 합니다. 굳이 가르쳐달라 하면 몇 가지 팁을 가르쳐주긴 하지만, 다양하게 연습해보는 것도 나쁘지 않으니까요. 한 가지 방법만 고집하는 것보다는 이것저것 해보는 것도 창의적인 일이고 자기만의 요리를 만들어내는 비법이기도 하니까요.

큰아이는 요리에 센스가 있어서 제법 이것저것 만들곤 합니다. 제가 아플 때는 이런저런 죽을 만들어주기도 하고 동생에게는 예쁜 캐릭터 도시락을 만들어서 즐겁게 해주기도 하구요. 그런 아이들이 있어서 오늘도 행복합니다.

여전히 낮에는 무더워서 몸이 노곤하지만, 밤 시간은 선선하고 쾌적해서 기분이 좋아집니다. 오늘은 달이 많이 찼네요. 안방 침대에 누워 산으로 넘어가는 달을 볼 수 있는 집에 산다는 것이 얼마나 감사한 일인지 오늘도 감동하고 있습니다. 인생은 이래서 살만한가 봅니다.

지각생

벌써 짝짓기를 마치고 방충망에, 나뭇잎 위에, 길거리에 죽어 있는 매미들의 사체가 여름이 가고 있다는 신호를 보내고 있습니다. 미친 듯이 울어대던 그 덥던 여름의 매미들은 이미 사라져 가고, 늦은 밥 먹고 파장 간다던 속담처럼 게으른 매미들은 나른한 울음을 웁니다. 열정도 없어 보이고 울어도 그만 안 울어도 그만이라는 듯……, 꼭 요즘 저의 모습을 보는 것 같아 친근하게 느껴집니다.

며칠간의 게으름 아닌 게으름이 힘들었습니다. 빈혈이 심해서 집안에서조차 마음놓고 운신하기가 어려운 데다, 저혈압으로 누워만 있는데도 땅에 꺼지는 듯한 며칠을 보내고 나니 아픈 몸으로 살아간다는 건 참 가련하다는 생각을 합니다. 그럴 때마다 연세가 드신 어른들을 생각하게 됩니다. 아픈 사람은 체력이 노인들과 비슷하기 때문에, 물론 건강한 어르신들도 많습니다만, 대체로 기운 없고 삶의 질이 떨어진다는 점에서 자주 동류의식을 느끼곤 합니다. '늙으면 죽어야지' 라는 말이 그냥 하는 말은 아니라는 걸 아파보면서 알게 되었지요.

생명을 주신 창조주께서 우리에게 '살아라' 는 본능을 주시지 않았다면 얼마나 많은 사람들이 삶의 끈을 놓아버릴까 하고 아플 때마다 생각해봅니다. 삶의 의지를 주어 이 땅에 보내신 것은 큰 축복이라 생각합니다. 오늘도 '살아라' 는 명령을 따라 힘들지만 살아보렵니다.

  며칠간 비가 오더니 더위는 간 곳 없고 여름 내내 열어젖혀 있
던 창문들이 닫히기 시작합니다. 다시는 안 입을 것처럼 눈길도
안 주던 긴팔 옷들을 주섬주섬 챙겨 입으며 날씨 탓을 합니다.
더위에 질릴 만하니 서늘한 날이 말을 걸어옵니다.
  질리지 않는 아름다움……, 삶이 아름다운 이유입니다.

60 스트레스 없는 사람 없다

현대인의 고질병은 스트레스다. 스트레스가 없거나, 받지 않는다고 하면 거짓이다. 모든 사람이 똑같다. 정도의 차이는 있을 게다. 성격이 무던한 사람은 덜 받을 것이고, 급한 사람은 더 받을 게 틀림없다. 자기 뜻대로 조절되지도 않는다. 아무리 안 받으려고 해도 밀물처럼 밀려온다. 불가항력이라고 해도 과언이 아닐 듯싶다.

"스트레스를 받지 말아라. 참지 말고 바로 풀어라. 안 그러면 병이 된다."

자주 듣는 말이다. 의사들이 가장 많이 쓰는 말이기도 하다. 만병의 근원이 스트레스란다. 그런데 스트레스를 치료하는 약은 아직 없다. 그와 관련해 신약을 개발했다는 소리도 들어보지 못했다. 앞으로도 상황이 달라지지 않을 것이다.

거짓말을 하지 않고 살아왔다고 자부하는 나도 가끔 거짓말을 한다. "스트레스를 받지 않는다"고 큰소리친다. 따지고 보면 거짓말을 한 셈이다. 어떻게 스트레스를 받지 않을 수 있겠는가. 자기 삶에 100퍼센트 만족할 수 없다. 누구나 마찬가지다. 재벌이라고 근심, 걱정이 없겠는가. 성직자라고 예외일 수 있겠는가. 그렇다면 덜 받으려고 노력해야 한다. 조급증을 없애고, 여유를 갖는 것이 좋다. 무엇보다 마음의 평정을 찾아야 한다.

61 민심의 바다

옛말에 민심은 천심이라고 했다. 백성의 마음이 곧 하늘의 뜻이라는 얘기다. 군주는 백성을 잘 섬겨야 한다. 그것이 제일 덕목이다. 그러나 말만 섬기겠다고 하고, 실제는 무시하는 경향이 짙다. 무소불위의 힘을 지니고 있다고 생각하기 때문이다. 전제주의 시대에도 그랬고, 민주주의 시대에도 그렇다.

민심은 그때그때 변한다. 그것을 좇아 정책에 반영할 때 안정을 구가할 수 있다. 그런데 최고 통치권자의 눈을 가리는 무리들이 많다. 이른바 실세니, 측근이니 하는 사람들이다. 그들은 국가를 위해 일하는 것이 아니라 자신의 안일을 위해 더 매진한다. 국가적으로 불행한 일이다. 물론 그들의 말로도 좋지 않다.

최근 지인에게서 메시지를 받았다. 국가의 주요 보직을 맡았던 이다.

"이제 민심의 바다로 돌아갑니다. 어디서든 정부의 성공을 위해 뛰겠습니다."

고별사였다. 그를 잘 아는 터라 씁쓸한 생각도 들었다. 현직에 있을 때 '민심의 바다'를 더 고민했더라면 좋았을 텐데……. 사정은 있었을 게다. 그 자신도 여러 가지 고뇌를 털어놨다. 국가의 록을 먹는 공직자에게 첫 번째는 민심을 살피는 것이다. 민심의 바다는 넓고도 깊다. 전체를 헤아릴 수는 없다. 그 존재를 알고 겸허한 자세로 다가가야 한다.

시 · 도 지사, 시장 · 군수 · 구청장의 권한이 막강하다. 주민에게 미치는 영향력도 그만큼 크다. 지방자치제를 실시한 이후 더욱 그렇다. 무엇보다 임기 4년이 보장되기 때문이다. 관선 시대에도 영향력이 컸지만 민선 시대와 비교할 것이 못 된다. 그래서 자치단체장들의 일거수일투족은 항상 주목의 대상이 된다. 4년간 늘 주민의 곁에 있는 까닭도 있다.

주민의 입장에선 단체장의 신상이 궁금할 수밖에 없다. 학력과 경력은 물론이고 재산, 병역, 친구관계, 좋아하는 음식, 취미, 가족관계 등 모든 것이 관심사다. 공인으로서 공개하는 것도 나쁘지 않다고 생각한다. 샅샅이 밝힘으로써 투명행정을 하고, 주민에게 더욱 가깝게 다가가는 효과도 거둘 수 있을 게다. 부정적인 측면보다 긍정적인 측면이 훨씬 크다고 본다.

2010년 6월 2일 지방선거가 끝난 뒤 내 책임 하에 민선5기 광역 · 기초단체장 인명록을 만들었다. 모두 244명이나 되다 보니 자료수집에 애를 먹었다. 성실히 답하는 단체장이 있는 반면, 무성의하게 보내오는 이도 적지 않았다. 심지어 항의하는 측근들도 있었다.

"우리 지사님의 취미와 좋아하는 음식이 왜 궁금합니까."

어이가 없었다. 그 지사의 뜻이라면 자격이 없다고 단언한다.

63 성희롱과 음담패설

　　　　　여자와 섹스. 문학이든, 드라마든, 영화든 주요 소재다. 등장하지 않는 곳이 거의 없다고 보아야 할 것 같다. 고전도 그렇고, 현대에 들어서도 변하지 않는다. 우리 생활과 가장 밀접하기 때문일 터. 어찌 보면 금기시하는 게 이상해 보일지 모른다. 그렇다고 탐닉해서도 안 될 대상이다.

한 국회의원의 성희롱 발언으로 시끄럽다. 당사자는 아니라고 펄쩍 뛰지만 기정사실화되고 있다. 사실이라는 증언이 잇따라 나온다. 진실게임은 벗어난 느낌이다. 부끄러운 일이 아닐 수 없다. 해당 의원의 제명에 탈당 얘기까지 나오고 있다. 서둘러 불을 끄고 여론을 잠재우려는 의도에서다.

남자들끼리 모이면 음담패설을 많이 한다. 웃자고 하는 얘기인데 도를 지나치는 경우도 적지 않다. 여성을 의식하지 않고 떠들어대는 사람도 있다. 자칫 성희롱으로 번질 수 있다. 딱히 그 기준은 없다. 여성이 들어서 모멸감을 느끼면 성희롱에 해당된다. 말을 가려서 해야 한다. 상대방이 농담으로 듣지 않으면 낭패를 당한다. 따라서 진한 농담은 하지 않는 것이 좋다. 말은 한번 뱉으면 주워 담을 수 없다. 대신 건전한 유머는 삶의 활력소가 되기도 한다. 말 때문에 패가망신해서야 되겠는가.

　　　　　"그는 일생 동안 민주주의와 인권을 위해 투쟁했습니다. 남북의 화해와 협력을 위해 평생을 바쳤습니다. 수많은 고난과 핍박에도 좌절하지 않고, 불굴의 신념과 확신을 갖고, 일관된 삶을 살았습니다. 이 땅에 국민이 주인이 되고, 번영과 풍요가 넘치고, 남북이 서로 화해하는 세상을 만들기 위해 헌신했습니다. 우리는 그의 위대한 삶에서 용서와 화해, 자유와 정의, 평화와 관용의 정신을 배웠습니다. 그는 우리 곁을 떠났지만 우리는 결코 잊지 않을 것입니다."

　김대중 전 대통령의 서거 1주기를 맞이하여 추모위원회가 이 같은 글을 보내왔다. 그가 떠난 지 1년이 다가온다. 그는 2009년 8월 18일 뜨겁던 여름, 우리 곁을 떠났다. DJ는 분명 시대의 거인이었다. 그를 가까이서 지켜본 사람은 그리움과 추모의 정이 더할 것이다. 나 역시 청와대 출입기자, 기자단 간사로서 거인의 모습을 볼 수 있었다. 큰 행운이었다고 생각한다.

　당시 청와대 출입기자단은 퇴임하는 DJ에게 감사패를 전달했다. IMF 극복 등 재임 중 업적을 담았다. DJ는 이 패를 서재에 비치해 두고 자랑하곤 했다. "기자들한테 감사패를 받은 대통령이 있었느냐"며 흐뭇해했단다. 그 패는 지금도 같은 자리에 있다. 특히 기자들에게 자상했던 모습이 선연하다.

　　　　　2010년 여름은 유난히 덥다. 숨이 막힐 지경이다. 날씨 뉴스가 제일 먼저 나온다. 그만큼 견디기 어렵다는 얘기다. 전 지구촌이 이상 고온에 신음하고 있는 것 같다. 뉴욕, 모스크바, 도쿄, 베이징도 찜통더위와 전쟁을 치르고 있다. 이러다 간 기상이변에 따른 재앙이 빨리 올지 모른다는 불길한 생각도 든다.

　　매년 여름휴가 때마다 고민을 한다. 특별히 가고 싶은 곳도 없다. 무작정 집에 있자니 지루하고, 나름대로 계획은 세워본다. 정기휴가가 닷새이지만 양쪽 토, 일을 합치면 9일이나 된다. 긴 시간이다. 국내 여행은 물론 외국 장거리 여행도 충분하다. 인천공항이 개항 이후 이용객 최고 숫자를 갈아치우는 이유일 게다.

　　지방에 하루 다녀오고 8일을 서울에 있었다. 하루는 지인들과 운동을 함께 했다. 또 오랜만에 포럼에 나갔다. 가입한 지 1년 가까이 되지만 이런저런 이유로 두 번밖에 참석하지 못했다. 그래서 휴가를 포럼에 맞췄다. 남은 시간은 운동에 할애했다. 아내와 함께 매일 1시간 이상 걸었다. 땀을 흘리고 나면 그렇게 상쾌할 수가 없다. 물론 잠도 잘 온다. 충분히 휴식을 취한 만큼 새로운 일에 도전하고 싶다. 회사 업무가 우선이다. 그런 다음 여유가 생긴다면 자신만의 일을 찾아야 한다. 새 출발하는 기분으로…….

66 어느 부장판사의 죽음

신문 사회면에 하루도 빠지지 않는 기사가 있다. 바로 사망 관련 기사다. 그만큼 관심도 크다. 저명인사의 경우 죽음부터 발인까지 상세히 보도한다. 특히 자살로 생을 마감했을 땐 뒷얘기도 무성하다. 전혀 자살할 이유가 없다고 여겨지는 사람이 목숨을 끊으면 더 들끓는다.

부장판사. 중견법관으로 앞길도 탄탄하다. 그런 판사가 투신자살을 했다면 믿어질까? 명성도 있고, 생활도 안정되고 죽을 이유가 없어 보인다. 보통사람들의 눈에는 그렇다. 때문인지 실시간 인기 검색어 1위를 차지했다. 죽어서 더 관심을 끌면 무엇하나. 회의감마저 든다. 가족들의 충격은 짐작하고도 남는다.

그가 남긴 유서가 눈길을 끈다. "판사는 의심하는 직업이다. 의심과 마음의 저울이 사회생활에서, 대인관계에서, 가족관계에서도 드러나고 심지어 아내와 부모님 말마저 의심하게 한다. 참으로 한심하고 끔찍한 직업병"이라며 자괴감을 나타냈다. 역설적으로 그가 판사를 하지 않았더라면 이처럼 일찍 생을 마감하지 않았을 것이라는 생각도 미친다. 결국 직업병이 그를 죽음으로 내몬 것이다. 안타깝다. 직업은 신성하다고 했다. 귀천을 떠나 나에게 맞는 직업을 선택하는 것이 가장 현명한 것 같다.

67 기자 하지 마라

우연찮게 눈에 띄는 사고(社告)를 발견했다. "기자 하지 마라."

한 신문사의 수습기자 채용 공고였다. 내용도 사실에 가까웠다. 수백 대 1의 경쟁을 뚫고 입사했는데, 선배들의 첫마디가 그렇다. 예전에도 그랬고, 지금 선배들도 그런가 보다. 잔뜩 기대를 걸고 들어온 새내기들은 어리둥절할 뿐이다. 격려의 말 대신 힘 빠지는 소리를 하다니…….

"현장과 사무실에서 보내는 시간이 대부분입니다. 일 터지면 자다가도 달려갑니다. 변명이나 '대충'은 결코 통하지 않습니다. 무한책임을 집니다."

사실 그대로다. 오히려 군대보다 혹독한 훈련을 통해 기자가 된다. 때문에 중간에 그만두는 친구들이 적지 않다. 육체적으로 힘들어 하는 경우가 많다. "기자 하지 마라"는 충고를 일찍 터득한 것일까.

그래도 보람은 있다. 역사의 현장을 지켜보는 것. 기자만이 누릴 수 있는 특권(?)이기도 하다. 만 24년째 기자생활을 하고 있는 나도 여러 현장을 누볐다. 하나하나 거론할 수 없을 정도다. 1987년부터 8년 가까이 법원과 검찰을 출입한 탓에 5 · 6공 비리의 단죄과정을 모두 지켜봤다. 김대중 전 대통령이 노벨평화상을 받는 현장에도 있었다. 기자는 분명 도전해볼 만한 직업이다.

68 아흔 살에도 달린다

사람이 몇 살까지 달릴 수 있을까. 기력만 있다면 나이는 문제될 게 없어 보인다. 힘이 없으면 달리거나 걷지 못한다. 장수 시대를 맞아 나이를 무색케 하는 노인들이 많다. 시골에선 80대 농부들이 적지 않다. 고령에도 불구하고 논농사나 밭일을 한다. 힘 닿는 데까지 일을 한다는 게 그들의 생각이다. 그것이 장수의 비결인지도 모르겠다.

매일 저녁 안양천변을 걷는다. 여러 부류의 사람들이 나와 산책을 한다. 남녀노소 다양하다. 달리는 사람, 속보로 걷는 이, 운동기구를 하는 사람 등 취향에 맞춰 몸을 단련한다. 앞에서 나이 드신 분이 뛰고 있었다. 달리는 모습이나 속도가 느려 바로 따라잡을 수 있었다. 옆에는 젊은 아주머니가 함께 걷고 있었다.

두 사람 간 대화를 듣게 됐다.

"내가 아흔 살이 넘었어. 마라톤을 한 지 30년이 넘었거든. 큰 언론사에서 주최하는 마라톤 대회에도 매번 참석하고 있지. 그리고 해마다 대형병원에서 종합검진을 받는데, 아무런 이상이 없대. 모든 것이 운동을 열심히 한 덕이야."

운동이 보약이라는 점을 열심히 설파하고 있었다. 가까이서 본 할아버지의 얼굴엔 윤기가 흘렀다. 하루도 빠짐없이 달리기를 한다고 했다. 100살도 거뜬히 넘길 수 있을 것 같았다. 나도 그 할아버지처럼 할 수 있을까. 닮고 싶다.

69 여름 민어

한국 사람들은 보양식을 참 좋아한다. 몸에 좋다고 하면 가리지 않는다. 위생은 대수롭지 않게 생각한다. 해외 원정도 불사한다. 더러 꼴불견을 연출해 원성을 산다. 못 먹는 것이 없다고 해도 과언이 아니다. 특히 남자들은 정력에 특효가 있다고 하면 눈 딱 감고 먹는다.

한여름에 가장 많이 찾는 것이 보신탕이다. 남자들은 대부분 먹을 줄 안다. 종교 때문에 멀리하는 경우도 있다. 불가에서는 금한다. 가족들의 만류에도 불구하고 몰래 먹는다. 애호가들은 별난 목표를 세우기도 한다. 견우회(犬友會)나 여름철 100그릇 채우기 등 친목모임을 만든다. 오로지 보신탕을 즐기기 위해서다.

나도 보신탕을 가끔 먹는다. 1년에 대여섯 차례는 먹는 것 같다. 애호가라고 볼 순 없다. 휴가를 마친 선배와 연락이 닿았다. 날씨도 더우니 몸보신을 하잔다. 보신탕으로 생각했다. 그런데 민어를 준비해놓았다고 했다. 싱싱한 민어회와 탕으로 점심을 맛있게 먹었다. 여름철 최고의 보양음식이 민어란다. 예로부터 궁중에서 먹었다고 했다. 흠이라면 가격이 좀 비싸고, 구하기도 어렵다는 것. 더위를 이기려면 우선 잘 먹어야 한다. 여름 민어는 아니더라도 잘 먹고 잘 자자. 가장 대중적인 삼계탕도 그만이다.

70 무기력증 어떻게 극복할까

직장에 출근하면서 기분 좋은 사람이 얼마나 될까. 몸도, 마음도 무거운 사람이 많을 게다. 스트레스가 많은 까닭이다. 과도한 업무량도 그렇고, 신명이 안 난다. 직장인이라면 모두가 경험하는 바다. 직장인 10명 가운데 9명이 '무기력증을 경험했다' 고 한다. 솔직한 답변인 것 같다.

직장은 신바람 나는 일터여야 한다. 그래야 능률도 오르고, 보람도 갖게 된다. 무기력증을 느끼는 원인을 살펴봤다. 낮은 연봉과 열악한 복리후생(49.9퍼센트)을 가장 많이 꼽았다. 과도한 업무량(38.3퍼센트)이나 회사 내에서의 미미한 존재감(25.5퍼센트), 성과에 대한 불만족(21.3퍼센트) 등을 거론했다. 이런 분위기는 계속될 것으로 보인다. 전문성을 더욱 더 요구하기 때문에 그렇다.

무기력증은 반드시 극복해야 한다. 우울증만큼이나 심각하다고 할 수 있다. 빨리 고칠수록 좋다. 회사 측도 신경을 써야 하지만, 어차피 개인이 극복할 수밖에 없다. 직장은 대부분 주 5일제를 시행하고 있다. 토, 일요일을 보람차게 보내면 새로운 일주일을 시작할 수 있다. 집에서 무기력하게 보내면 피로감이 더 쌓인다. 운동이나 여행 등으로 스트레스를 날려 보내라. 이틀 중 하루는 가족과 시간을 보내도록 하자. 무기력증을 극복하는 지름길이다.

71 고마운 독자께!

　　작가로 명함을 바꾼 지 몇 달 지났다. 처음 보는 이에게 명함을 건네면 의아해한다. 분명 신문사에 근무하고 있는 줄 알고 있는데, 작가라니……. 보직이 없을 리 없다. 내가 굳이 작가 명함을 들고 다니는 데는 그럴만한 이유가 있다. 글을 계속 쓰겠다는 의지에서다. 한 번 필을 놓으면 다시 잡기 싫어진다. 관성이 붙어야 한다는 얘기다.

　　독자는 글을 쉽게 읽지만 쓰는 사람은 고통의 연속이다. 특히 창작을 하려면 그것이 배가된다. 소재가 없어 몇 년째 손을 놓고 있는 전업작가도 있다. 그들의 심정을 이해할 만하다. 하나의 작품은 이 같은 진통을 겪은 끝에 선보인다. 그 다음은 독자의 반응이다. 종이책이 점점 사라지는 판이어서 반응을 얻기란 참으로 어렵다. 작가의 숙명이랄 수 있다.

　　세 권째 에세이집을 준비하고 있다. 이 블로그가 마당이다. 사람 사는 얘기를 주로 다루고 있는데, 힘들 때도 없지 않다. 격려해주시는 분들이 있다.

　　"선생님 글을 읽으니 참 편하고 좋아서 즐겨찾기를 해두었습니다. 가끔 글을 읽고 댓글을 남길지도 모르겠어요."

　　"진솔하고 잔잔한 수필이 참 좋습니다. ^^"

　　심심찮게 댓글이 올라온다. 그런 분들이 있기에 오늘도 용기를 낸다.

72 은혜를 원수로 갚다

평생 남에게 빚 안 지고 살 수 있을까. 없다고 본다. 더러 큰소리치는 사람도 있다.

"난 한 번도 부탁을 해본 적이 없어. 나만큼 깨끗한 사람 있으면 나와보라고 해."

이렇게 호기를 부린다. 이 세상에 완전무결한 사람은 있을 수 없다. 신이라면 몰라도…. 누구든지 장점이 있으면 단점이 있기 마련이다. 그 조화로움 속에 사회생활을 한다.

자기 혼자 잘나서 성공했다고 하면 오산이다. 가장 먼저 부모님을 비롯한 주위의 도움 없인 불가능하다. 환경이 사회를 지배하기 때문이기도 하다. 그런 고마움을 잊으면 안 된다. 사람에겐 우쭐대고 싶은 심정이 있다. 도움을 준 사람을 잊어버리고 잘난 체한다. 배은망덕하다는 말도 그래서 듣는다.

"은혜를 원수로 갚는다"는 옛말이 있다. 주변에서 이런 경우를 가끔 본다. 단짝으로 지내던 이들이 원수가 돼 갈라선다. 네 것, 내 것 없다던 그들이기에 씁쓸하다. 잘나갈 땐 서로 모른다. 그러다가 어려운 상황에 빠지면 인간의 본성이 나타난다. 먼저 배신하는 사람이 더 나쁘다. 그간의 의리는 생각하지 않는다. 온갖 험담을 늘어놓기도 한다. 복잡다단한 게 인간사다. 그렇다고 은혜를 원수로 갚아서야 되겠는가.

73 기적을 경험하다

사람이 생각할 수 없는 아주 신기한 일을 기적이라고 한다. 인간의 능력으로서는 불가능한 일을 일컫기도 한다. 그래서 좋은 의미로 더 많이 쓴다. 외신들은 우리나라의 성공을 빗대 '한강의 기적' 이라고 한다. 따라서 기적은 많이 일어날수록 좋다. 그런데 기적을 이루기가 쉽지 않다. 하늘의 별 따기 만큼이나 어렵다. 운도 따라야 하기 때문이다.

내가 기적을 경험했다면 얼마나 믿을까. 평생에 한 번 있을까 말까 한 일을 겪었다. 서울 홍은동에 행사가 있어 오후 4시 10분쯤 택시를 잡아탔다. 개인택시였다. 기사와 이런 저런 얘기를 나눴다. 오후 6시 세종문화회관에서 결혼식이 있어 참석만 했다가 나와야 될 것 같다고 했다. 그리고 4시 30분쯤 행사장에 도착해 기념회에 참석했다.

5시 10분쯤 밖으로 나왔는데, 비가 억수로 퍼부었다. 앞도 안 보일 정도였다. 차도 뒤엉켜서 엉망이었다. 택시를 기다리고 있었는데 마침 한 대가 들어왔다. 비를 맞으며 무조건 태워달라고 했다. 기사가 타라고 손짓을 했다. 얼굴이 많이 익었다. 나를 처음 태워준 그 택시였다. 기사 역시 평생 처음이라고 했다. 수유리에 갔다가 다시 손님을 태우고 왔단다. 기적이 따로 없었다.

74 순수에 대하여

"세파에 휩쓸려 자기 영혼을 파는 행동을 쉽사리 자행하는 일을 무수히 보는데 선생님은 좀 달라보입니다. 순수함을 잃지 않은 마음바탕이 사람들의 마음에 공감대를 불러일으키는 좋은 글들로 탄생하는 게 아닌가 하는 당위성이 느껴집니다. 하루이틀은 꾸밀 수 있겠지만 오랜 시간 겪다 보면 속내가 다 나타나게 마련이라 속지 않을테니까요. 독자가 늘어나고 발간하는 책의 권수가 늘어난다 해도 지금처럼 소박한 글들이 계속 나오기를 바라고 있습니다."

독자로부터 받은 편지다. 가슴이 뭉클했다. 내 속을 전부 들여다보고 있는 것 같았다. 부담도 느껴진다. 지금까진 그렇다 치더라도 앞으로 계속 그럴 수 있을까. 나에게 물어본다.

"초심을 잃지 않겠습니다. 약속 드립니다."

혼자말로 거듭 각오를 다진다. 그러면서 이 글도 쓰고 있다.

독자의 바람은 이어진다.

"인기에 영합하지 않되 따뜻함을 잃지 않는 글들을 계속 써주시기 바랍니다. 어둠이 깊을수록 빛은 더 드러나기 마련이니까요."

이에 답한다.

"인생은 살맛이 납니다. 오늘이 있기에 내일도 있습니다. 절대로 꿈을 버리면 안 됩니다. 모두 희망을 가집시다."

순수함이 재미를 능가하기는 어려울 터. 하지만 희망과 배려,
순수함은 나의 모토다.

75 여자들 세상

　　문명이 발달하면서 여자들은 참 편해졌다. 기계가 그들의 노동을 덜어주고 있다. 세탁기, 청소기 등 이루 헤아릴 수 없다. 어디까지 갈지 감을 잡을 수 없는 정도다. 새로 짓는 아파트에 가면 거의 자동화되어 있다. 소파에 앉아서 대부분 해결할 수 있다. 영화에서나 보았던 장면들이 현실로 다가오고 있는 것이다.

　　지인과 유명 식당에 들렀다. 서울에서 꽤 유명한 곳이다. 물론 분위기도 좋고, 맛도 으뜸이다. 미리 예약해야 겨우 자리를 잡을 수 있다. 점심 때 도착해 주위를 둘러보았다. 남자들은 우리 둘을 포함, 10퍼센트도 안 됐다. 모두 중장년의 여성들이 모임을 갖고 있었다. 그러다 보니 남자 목소리는 거의 들리지 않고, 여자들의 웃음소리만 울려 퍼졌다. 여유 있는 옷차림에 맛있는 음식까지. 그들의 표정 또한 어두울 리 없다.

　　남자, 남편들은 어떤가. 많은 사람들이 허리띠를 졸라맨다. 부인과 자식을 위해서다. 고급 레스토랑 대신 허름한 밥집이나 구내식당을 주로 이용한다. 가끔 신세한탄을 하기도 한다.

　　"이렇게 살아야 하나."

　　그러면서도 같은 일상이 반복된다. 여자, 부인들도 남편의 애환을 이해해야 한다. 살려고 버둥대는 남편과 호흡을 맞출 필요가 있다. 남자들 세상도 상상해 본다.

76 처세술

"손실을 세기보다는 이익을 세어라. 재난을 세기보다는 기쁨을 세어라. 적을 세기보다는 친구를 세어라. 눈물을 세기보다는 미소를 세어라."

지인이 메일을 보내왔다. 이따금씩 이 같은 글을 보내온다. 고위 공직에 있는 분이다. 사무실에서 보내는 것이 아니다. 업무가 끝난 뒤 집에서 보낸단다. 물론 개인 컴퓨터를 이용한다. 공사를 구별하려는 그의 태도를 엿볼 수 있다.

어떻게 처신해야 하나. 사회생활을 하면서 가장 중요한 대목이다. 처세술이라고도 한다. 능한 사람이 있는 반면, 외골수로 사는 사람도 적지 않다. 누가 잘사는 것이라고 단정적으로 말할 수는 없다. 사람마다 인생관이 다르기 때문이다. 외골수로 살면서도 자기 삶에 만족한다면 그 나름대로 의미가 있다. 어느 한 방향으로 잣대를 들이대서는 안 된다는 얘기다.

인생을 유연하게 살 필요는 있다고 생각한다. 그때그때 상황에 맞춰 사는 방식이다. 내가 아니면 안 된다는 생각도 버려야 한다. 그런데 많은 사람들이 이를 잊고 산다. 나 자신이 소중한 만큼 타인도 배려해야 한다. 세상은 나와 남이 조화를 이룰 때 더욱 살맛이 난다. 지인의 메일을 보고 거듭 깨닫는다. 긍정은 부정을 이기고, 처세술도 터득할 수 있다는 것을……

77 긴 병에 효자 없다

누구나 죽음을 맞는다. 고통 없이 임종한다면 두렵지 않을 것이다. 그러나 극심한 고통이 따르기 마련이다. 죽음이 다가올수록 그것은 더욱 심해진다. 당사자야말로 표현할 수 없다. 옆에서 지켜보는 가족들의 고통도 그만 못지않다. 모든 인간이 죽음을 피해갈 수 없기에 숙명으로 받아들여야 한다.

부모님이 장기간 투병에 들어갈 경우 여러 상황에 맞닥뜨린다. 형제 간에 충돌이 생기기 일쑤다. 어느 자식도 내가 부모님을 챙기겠다고 손을 드는 사람은 없다. 아들이 찬성하면, 며느리가 극구 반대한다. 딸이 모셔드리고 싶으면, 사위가 뜨악해한다. 이렇지 않다면 정말 효자, 효부로 칭송받을 만하다. 하지만 "긴 병에 효자가 없다"고 한다. 아무리 착한 아들, 딸도 인내심에 한계를 느끼기 때문이다. 슬프지만 어쩔 수 없는 현실이다.

내리사랑은 있어도 치사랑은 없다는 말이 있다. 자식이 아프면 부모는 모든 것을 헌신한다. 그러나 자신을 낳아준 부모에게는 그렇지 못하다. 병원비도 그렇다. 자식 병원비는 아까운 줄 모르지만 부모 병원비는 조금이라도 덜 부담했으면 한다. 장모님이 입원 중이다. 아내에게 이런저런 얘기를 하며 최선을 다해드리자고 다짐한다. 자식은 부모를 닮는다고 하지 않는가.

78 암과 함께하는 사연

　　　　　슬픔과 기쁨의 경계선은 어딜까. 딱히 어디까지
라고 말하기는 어려울 것 같다. 상대적이고, 주관적이기 때문이
다. 슬픔을 기쁨으로 승화시키며 살아가는 이들도 있다. 의지력
이 대단한 분들이다. 인간에겐 나약한 측면이 있는 반면, 강한
면모도 있다. 그래서 위대한 동물인지도 모른다.

　인천에 살고 있는 50대 여성의 얘기다. 처음엔 남편과 사별한
평범한 가정주부인 줄로만 알았다. 처음 보내준 편지 어느 행간
에서도 슬픈 사연이 있으리라곤 생각지 못했다. 그러나 그는 암
투병 중이었다. 일주일에 두 번 항암치료를 받고 있다고 했다.
워낙 명랑한 성격이어서 동네 주민들조차 눈치 채지 못했단다.

　항암치료는 극도의 인내심을 필요로 한다. 짜증이 날만 하고,
표정관리도 어려운 게 사실이다. 그래서 위로의 말을 건넸다.

　"긍정적으로 사는 모습을 보니까 반드시 이겨낼 수 있을 겁니
다."

　그는 천진난만한 소녀와 같다. 명랑한 목소리도 들을 수 있다.

　"네, 아직 기운이 없지만 편히 누워있을 집이 있어 감사하지
요. 소나기가 그친 뒤 매미들이 요란합니다."

　서울에서 요양차 인천으로 아예 거주지를 옮겼다는 그녀. 뒷
산이 있어 좋다고 자랑한다. 자연을 벗 삼아 치유하길 빈다.

79 만성두통

정신이 맑지 않으면 흥미가 감소된다. 무엇을 해도 별로 흥이 나지 않는다. 머리가 개운치 않기 때문이다. 삶의 활력도 떨어지는 것이 사실이다. 아침에 눈을 뜨자마자 머리 쪽에 신경이 간다. 여전히 쿡쿡 쑤시고 아프다. 만성두통 환자들이 겪는 고통이다. 경험해본 사람만이 그것의 강도를 애기할 수 있다.

한 포럼에서 유명 의사를 만났다. 대학병원에서 꽤나 이름을 날리고 있다. 물론 신경과 의사는 아니다. 그도 고통을 호소했다. 한마디로 골칫거리라고 정의했다. 의사인 자신도 원인을 알 수 없다고 털어놨다. MRI와 CT 등 각종 검사를 받아보았지만 허사였다고 했다. 치유법은 없는지 물어봤다. 생활환경을 바꿔보란다.

"좁은 공간을 피하고, 가급적 운동을 열심히 하세요."

두통으로 고생하는 사람들이 의외로 많다. 수십 년간 고통을 겪고 있다는 사람도 본다. 그래서 두통학회 사이트에 들어가봤다.

"만성 두통인 경우 대부분 심각한 경우는 드물다고 할 수 있습니다. 수년간 계속 하루 종일 두통이 가시질 않고 지속되는 경우는 증상이 심해서 환자는 고통스러워도 크게 걱정할 만한 두통은 아닌 경우가 많습니다."

죽을병은 아니라는 얘기다. 따라서 낙담하고 상심할 까닭은 없지 않겠는가.

80 댓글이 그렇게 두려운가요?

인터넷은 소통의 광장이다. 실시간으로 쌍방향 소통이 가능해졌다. 굳이 목소리를 듣지 않더라도 채팅이 가능하다. 실제로 대화를 하는 것과 다름없다. 그래서 하루 종일 컴퓨터에 매달려 사는 사람들도 있다. 컴퓨터가 친구인 셈이다. 주로 게임을 많이 한다. 댓글도 많이 단다.

댓글의 폐해가 많이 지적되고 있다. 악의적인 댓글로 도배질되는 경우도 본다. 특히 연예인이나 정치인 등 유명인사들이 타깃이다. 이에 상처를 입고 스스로 목숨을 끊은 일도 있었다. 댓글을 무시한다지만 아주 관심을 꺼버릴 순 없다. 누구든지 궁금해서 열어보게 된다. 여러 사이트를 옮겨 다니며 댓글을 전문적으로 올리는 네티즌까지 있다.

블로그에 글을 쓰다 보니 댓글이 심심찮게 올라온다. 방문 자체만으로도 감사하다.

"관심을 가지게 되면 한편은 좋기도 하지만 한편으로는 불편한 것도 사실이기에, 댓글을 달면서 예의를 갖추어도 마음을 상하게 하지 않으실 분이란 확신이 들어서 메일을 보냅니다. 웹상으로도 예의가 필요하기에 일방적인 노출을 하고 계신 선생님께 예의상 저의 간략한 소개를 드리는 게 좋을 거란 생각이……, 저 혼자만의 생각인가요?"

이런 독자도 있기에 더욱 힘을 얻는다.

81 흰 눈썹

나이가 들면 신체적으로 변하는 것이 많다. 우선 늙는다. 그것은 생리적 현상이기에 누구도 피해갈 수 없다. 훨씬 젊어 보이는 사람이 있는 반면, 나이보다 늙어 보이는 사람도 적지 않다. "젊어 보인다"는 말을 가장 듣기 좋아한다. 빈말이라도 그렇게 하는 것이 예의다. 물론 허약하거나 투병 중인 사람에게는 결례다. 말을 가려서 해야 하는 이유이기도 하다.

머리는 나이를 속일 수 없다. 흰머리가 생기면 나이를 더 먹는다는 증좌다. 젊은 사람 가운데도 백발이 있기는 하다. 중년에 접어들면 흰머리가 보이기 시작한다. 남성의 중후한 멋을 풍기기도 한다. 그러나 대부분 염색을 한다. 한 살이라도 더 젊게 보이기 위해서다. 염색을 강요하는 직장의 분위기도 있다.

나도 흰머리가 많은 편이다. 오랜만에 만나는 지인들은 깜짝 놀란다. 어린아이들은 "할아버지" 하면서 나를 가리킨다. 아이들 눈을 속일 순 없다고 하지 않는가. 하지만 염색할 생각은 없다. 문제는 눈썹이다. 몇 해 전부터 흰 눈썹이 나기 시작하더니 이제는 반쯤 희어졌다. 길거리에서 타사 후배를 만났다.

"선배, 눈썹까지 희어졌네요."

"응, 산신령이 되려나 봐."

몇 년 안에 백발에다 흰 눈썹으로 덮일 것 같다. 그래도 있는 모습 그대로 지내련다.

82 내 맘에 쏙 드는 사람은 없다

혹자는 사람이 무섭다고 한다. 맞는 말이다. 신화를 만드는, 엄청난 일을 저지르는 것도 결국 인간이 한다. 흥망성쇠의 열쇠도 사람이 쥐고 있다. 사람을 잘 써야 하는 이유다. 어느 기업은 인재대국(人材大國)을 사시로 내걸고 있다. 사람에 대해서는 투자를 아끼지 않는다. 사내·외 교육은 물론 외국의 인재도 영입한다. 이를 담당하는 전문 임원까지 두고 있는 상황이다.

창업하는 경우 사람을 쓰기 정말 어렵다. 자금 사정이 넉넉하면 걱정을 덜 수 있다. 그러나 대부분 영세하다 보니 좋은 인재를 구하기란 하늘의 별 따기다. 많은 젊은이들이 중소기업보다 대기업을 선호한다. 보수나 복지 등 모든 면에서 훨씬 낫기 때문이다. 이를 탓할 수는 없다. 세태가 그러니까……

동서가 창업을 했다. 교육사업 쪽이다. 전국을 누비며 강의를 한다. 주로 학생이 대상이다. 그런 만큼 사명감도 있어야 한다. 신규 직원을 뽑았다. 그런데 한 달 뒤 그만둔단다. 고작 2~3개월도 버티지 못하는 게 다반사라고 한다. 그래서 동서에게 타일렀다.

"내 맘에 쏙 드는 사람은 눈 씻고 찾아봐도 없어. 일단 사람을 쓰면 내 사람으로 만드는 것이 중요해."

고용주의 입장에선 누구도 성에 찰 리 없다. 함께하는 마음이 무엇보다 중요하다.

한 친구가 흥분한다.

"내가 저한테 해준 것이 얼마인데, 배은망덕도 유분수지. 아주 못된 친구야."

섭섭한 마음에 마구 쏘아댄다. 한마디로 배신을 당했다는 얘기다. 주위에서 흔히 볼 수 있는 일이다. 어려울 때 도움을 주었건만 모르는 체 한다는 것이다. 사람인 이상 서운하지 않을 리 없다. 괘씸하기도 할 터다. 개구리 올챙이 적 시절 모른다고, 그런 사람들이 적지 않다.

이 세상에 공짜는 없다. 누군가에게 잘해줄 때는 기대하는 바가 아주 없진 않을 것이다. 받는 사람 역시 모를 리 없다. 이심전심인 셈이다. 그래서 빚지고는 못 산다고 하지 않던가. 조금이라도 갚아야 내 마음이 편해진다. 주는 사람이나 받는 사람이나 궁극적인 주체는 바로 '나' 라는 존재이기 때문이다.

준 것만 생각하면 치사해지기 쉽다. 수십 년 전부터 거슬러 올라가 하나하나 거론하기도 한다. 기억력이 참 좋다. 어떻게 기억하는지 경탄할 정도다. 여기서 한 가지를 발견한다. 그런 사람은 발전이 없다는 것이다. 과거에 집착하다 보면 앞으로 나아갈 수 없다.

"준 것은 잊어버려라."

내가 주변 사람들에게 자주 하는 말이다. 그러면 마음이 편해

진다. 서운해할 것도 없어진다. 마음을 비우며 살아가는 방식이
다. 물론 내공을 쌓아야 가능하다.

84 죄송 청문회

블로그에 글을 올리면서 가급적 정치적 사안은 피해왔다. 정치부 기자생활을 오래했지만, 정치에 매력을 느끼지 못 하는 까닭도 있다. 적어도 내 눈에는 정치인들이 곱게 비치지 않는다. 인간적으로 가까워지고 싶은 사람이 없다고 봐야 할 것 같다. 정치도 사람이 하는 것인데, 왜 그럴까. 나름대로 분석해본다. 한국 정치의 후진성을 꼽고 싶다. 오히려 한국에 정치가 없으면 좋겠다고 하는 사람도 많다.

개각 때마다 인사청문회가 열린다. 우리나라를 움직이는 이른바 실세들이다. 청와대의 최초 발표만 보면 가장 적임자 같다는 생각이 든다. 그러나 막상 뚜껑을 열고 들여다보면 지극히 실망스럽다. 지도층 인사로서 갖춰야 할 최소한의 덕목도 지니지 못한 후보자도 있다. 위법, 편법, 불법을 다반사로 한다. 도덕적으로 흠결이 없는 사람은 한 명도 없다. 이것이 우리의 현주소다.

원로 정치인의 지적을 귀담아들을 만하다.

"죄송 청문회는 무엇하러 하나."

청문회 무용론을 설파한 것이다. 실제로 모든 후보자들이 "죄송하다"는 말로 위기를 모면하려 한다. 이런 청문회라면 하지 않는 것이 낫다고 본다. 대통령도 보완을 지시했다고 한다. 그에 앞서 사람을 잘 골라야 하지 않을까.

85 페이스북에 가입하고서

IT의 발전 속도가 걷잡을 수 없다. 자고 나면 새로운 뉴스가 쏟아진다. 어느 장단에 맞춰야 할지 모르겠고, 그런 것을 개발한 인간이 미울 정도다. 지금까지도 잘 살아왔는데, 새로운 것을 쓰거나 배워야 하니 부담스럽다. 때문에 스트레스를 받는 사람들이 많다. 안 따라가자니 시대 낙오자라는 딱지가 붙을 것 같고, 어쨌든 따라가야 할 판이다.

"오 대기자님! 감사합니다. 요즘 세태가 '트위터와 페이스북'을 사용치 않으면 구석기인이라 해서 가입한 것이 아니라 저 또한 다른 친구가 가입을 권유해서 했는데, 놀란 것은 평소에 연락을 안 하던 외국의 지인들과도 격의 없이 소통이 이뤄진다는 데서 놀랐습니다."

처음 페이스북을 소개한 지인이 보내온 메일이다. 50대 후반으로 예순을 앞두고 있다. 페이스북의 진가를 확인한 뒤 나에게도 가입을 권유한 것이다. 절차가 아주 간단해서 나도 쉽게 가입할 수 있었다.

우리나라의 가입인구가 100만 명을 넘었단다. 기하급수적으로 늘어나고 있는 추세여서 200만 명도 곧 돌파할 듯싶다. 한동안 연락이 끊겼던 지인들과도 소통이 됐다. 아직 초보여서 익숙지는 못하다. 새로운 것을 시도하는 것도 큰 기쁨 중의 하나다.

86 자연인으로 돌아오다

자주 들르는 서울 불광동 식당이 있다. 한 달에 두어 차례는 이용한다. 가격도 저렴할 뿐만 아니라 맛도 좋다. 그래서 한 번 찾은 사람은 다시 찾곤 한다. 단골이 많은 이유일 게다. 그러다 보니 가끔 낯익은 얼굴들을 만난다. 오랜만에 소식을 접하는 경우도 있다. 일석이조의 기쁨을 누리는 셈이다.

점심 때 예약을 한 뒤 친구 둘과 그곳을 찾았다. 주인 내외가 반갑게 맞이한다. 모든 손님을 그런 식으로 모신다. 식당에 발을 들여놓는 순간부터 기분이 좋아진다. 여주인이 나에게 다가와 얘기한다.

"또 오셨어. 국장님 올 때마다 일행분들이 회식을 하셔. 벌써 세 번째인가."

지인의 내방 사실을 알려줬다. 실제로 그랬다. 우연의 일치라고 보기도 어려울 것 같다.

지인은 이름 석 자만 대면 다 알 만한 인물이다. 그런 만큼 이력도 화려하다. 법조인 출신으로 집권당 원내 총무, 대표, 장관, 총리 등을 지냈다. 지금은 정치에서 완전히 손을 뗐다. 지인들과 어울려 두 달에 한 번 꼴로 이 식당을 찾는단다. 자연인으로 돌아온 그의 모습에서 여유로움이 느껴졌다. 근황을 물었다.

"80이 다 되어 가는데……."

노후를 즐기겠다는 말로 들린다. 화려했던 시절보다 그의 뒷모습이 더 아름다워 보였다.

87 어느 검사의 신념

오래된 얘기다. 한 검사가 욕을 많이 먹었다. 우리나라 최고 고교와 대학을 나온 분이다. 그런 만큼 엘리트 의식도 강했다. 그가 욕을 들은 이유는 간단하다. 사람을 만나주지 않았다. 따라서 민원이 통할 리도 없었다. 고교 친구를 비롯하여 누구의 청도 들어주지 않았다고 한다. "검사는 그래야 된다"는 그만의 신념 때문이었다. 차관까지 지냈는데 변함이 없었다는 전언이다.

"검사는 밤에 사람을 만나면 안 된다. 또 문제가 있어 보이는 사람은 세 번 이상 만나지 말라."

그가 입버릇처럼 말했다. 구설수에 오르는 것을 미리 차단하자는 의도에서 그랬을 터. 그에게 사람이 꼬이지 않았음은 물론이다. 그는 외롭게 검사생활을 했다. 물론 그 자신도 잘 알고 있었다고 한다. 퇴직한 뒤 변호사로서도 재미를 보지 못했다는 후문이다.

현직 검사장을 비롯 전·현직 검사들이 특검의 조사를 받고 있다. 검사로서 떳떳치 못한 행동을 했기 때문이다. 누구보다도 도덕적으로 흠결이 적어야 할 그들이기에 국민의 시선도 따갑다. 세상이 바뀌었다고 탓해서는 안 된다. 적어도 공과 사는 엄격히 구분할 필요는 있다고 본다. 검찰마저 국민의 지탄을 받는다면 더 이상 희망이 없다. 그 답은 당신들 마음속에 있다.

88 비뚜로 보는 세상

세상이 너무 각박하다. 있는 그대로의 모습보다 색안경을 끼고 보는 듯하다. 왜 그럴까. 대다수가 그렇게 생각하기에 꼬집어 탓하기도 어렵다. 수긍하자니 떨떠름하다. 이런 현상이 계속되면 진실이 묻히게 된다. 대신 거짓이 위세를 떨칠 것이다. 그 원인으로는 철학의 부재를 꼽을 수 있을 것 같다. 국가든, 개인이든 자신만의 철학이 없다 보니 공허함을 메울 수 없다.

점심식사 자리에서다. 평소 입담이 좋은 교수가 말을 꺼냈다. 우리나라 최고 대학에서 행정법을 가르치고 있다.

"요즘 학생들이 좀 이상합니다. 선행이나 미담기사가 나오면 그것을 그대로 보지 않습니다. 가령 로비 같은 것을 하지 않았나 의구심을 갖고 있는 것 같아요. 이것은 큰 문제입니다."

비단 그 대학의 학생뿐이겠는가. 사회 밑바닥의 인식에서 비롯됐다고 본다.

일단 남을 의심하면 한도 끝도 없다. 모든 것을 비정상적으로 보게 된다. 정상적인 것도 비뚤어지게 보인다. 따라서 상대방과 대화를 할 때도 조심해야 한다. 어떤 선입견을 가지고 한 방향으로 몰고가면 안 된다. 타인의 장점과 진심을 보도록 노력해라. 그래야 인간적으로 가까워질 수 있고, 신뢰감도 쌓인다. 비뚜로 보는 세상보다 바로 보는 세상이 훨씬 아름답다.

89 거짓말

옛적 시골에서 여유가 있으면 자식들을 도회지로 유학 보냈다. 끼니도 해결하기 어려운 때여서 유학생은 선망의 대상이 됐다. 부모의 기대가 크다 보니까 속이는 경우도 더러 있었다. 내가 자란 고향에서 실제로 있었던 일이다. 가짜 대학생 사건이다. 연로한 부모는 그 아들이 명문대에 들어갔다며 연신 자랑했다.

아들은 부모를 감쪽같이 속였다. 그는 항상 서울 명문 K대 배지를 달고 다녔다. 고향에 내려와선 한껏 폼을 잡기도 했다. 어느 누구도 눈치를 못 챘다. 너무 당당했기 때문이다. 그러나 거짓말을 하면 꼬리가 잡히는 법. 몇 년 후 그의 친척이 같은 대학에 들어갔다. 거기서 들통이 났다. 학적부에 없는 가짜 대학생이었던 것이다. 그는 지금 거의 폐인이 되다시피 했다. 형제들과도 연락을 끊고 산다고 한다.

거짓말을 하라고 가르치는 사람은 아무도 없다. 그런데 거짓말을 하다 보면 자기도 모르게 동화되곤 한다. 스스로 거짓말을 하고 있다는 사실을 망각하는 것이다. 남이 보면 뻔한 거짓말인데도 진짜처럼 얘기한다. 아주 큰 병이다. 세 살 버릇 여든 간다고 하지 않던가. 어릴 때부터 거짓말을 하지 않도록 해야 한다. 가정교육이 제일 중요한 이유다.

90 진인사대천명

"사람으로서 자신이 할 수 있는 어떤 일이든지 노력하여 최선을 다한 뒤에 하늘의 뜻을 받아들여라." 이를 진인사대천명(盡人事待天命)이라고 한다. 가훈이나 좌우명으로도 자주 쓴다. 자신의 일을 성실히 하지 않고 요행을 바라는 사람들에게 최선을 다하라고 강조하는 말이다.

이 말 역시 쓰기는 쉽다. 그러나 실천이 어렵다. 최선을 다하지 않고 하늘의 뜻만을 기대한다. 이런 경우 일이 잘될 리가 없다. 과정은 간과한 채 결과만 기다리기 때문이다. 모든 일에는 시작과 끝이 있다. 시작부터 공을 들여야 끝도 좋을 수 있다. 그것은 인생의, 삶의 진리다.

나를 뒤돌아본다. 정말로 최선을 다했는지 스스로 물어본다. 100퍼센트 "그렇다"고 답하기는 민망스럽다. 다만 최선을 다하려고 노력했다고는 말할 수 있겠다. 그렇다면 지금의 결과에 만족하는가. "예"라고 하기에는 왠지 어색하다. 누구나 아쉬움이 있기 마련일 터. 나라고 예외일 수 없다. 앞으로가 더 중요하다. 아내와 산책을 하면서 얘기한다.

"우리 죽을 때까지 최선을 다하자. 그 다음은 하늘의 뜻에 따라야 한다."

인생은 유한하다. 정말로 어떻게 사는 것이 값진 삶일까.

91 유명세

요즘은 떠야 성공하는 세상이다. 그 매개체는 미디어가 담당한다. 특히 방송의 역할이 크다. 방송에 나와 관심을 끌면 실시간 검색어 1위에 오르기도 한다. 기를 쓰고 방송에 출연하려는 이유다. 자본주의 시대에 인기는 곧 돈이다. 연예인의 경우 CF섭외가 줄을 잇고, 몸값도 덩달아 오른다. 하루아침에 벼락 스타가 되는 세상이다. 인터넷의 속도만큼이나 빠르다.

정치인도 유명세를 좋아한다. 대권을 꿈꾸고 있는 사람들에겐 더욱 그렇다. 곧 표로 연결되기 때문이다. 인기를 먹고사는 것은 정치인도 연예인과 마찬가지다. 그래서 자기관리에 신경을 많이 쓴다. 지지율을 올리기 위해 모든 방법을 동원한다. 지지율은 한번 떨어지면 만회하기 어렵다. 극적인 반전이 없는 한 꿈을 접을 수밖에 없다. 정치의 비정함이다.

문단도 예외가 아니다. 이른바 유명세를 떨치고 있는 인기작가는 탄탄대로다. 내놓는 책마다 히트를 친다. 고정 독자층을 가지고 있는 까닭도 있다. 그들 역시 각고의 노력 끝에 오늘에 이르렀다고 할 수 있겠다. 반면 무명작가의 설움은 이루 말할 수가 없다. 소설, 시, 에세이 등 순수문학은 더한 편이다. 독자들을 야속하게 생각해서는 안 된다. 유명세가 뭐길래……

지방에 있는 형님에게서 연락이 왔다.

"시간 되면 한번 내려오지. 큰아버지가 얼마 못 사실 것 같다. 돌아가시기 전에 얼굴 뵙고 올라가라."

큰아버지는 여든이시다. 몇 해 전부터 건강이 좋지 않아 입·퇴원을 반복했다. 큰어머니가 먼저 돌아가신 후 상심이 크셨던지 부쩍 쇠약해지셨다.

마침 휴가 중이어서 날짜를 잡았다. 뵙고 와야 마음이 편할 것도 같았다. 아침 일찍 서울을 출발했다. 형님이 역까지 마중 나와 함께 병원에 들렀다. 큰아버지는 주사를 맞은 뒤 주무시고 계셨다. 몸이 너무 야위어서 바로 알아보지 못할 정도였다. 겨우 눈을 뜨셨다.

"쉬는 날인가."

딱 한 말씀만 하셨다. 그리곤 다시 눈을 감으셨다. 눈을 뜰 기력도 없어 보였다. 그런 당신에게 어떤 위로의 말씀도 건넬 수 없었다. 착잡한 심정을 뒤로 한 채 병원을 나서야 했다.

큰아버지가 계신 곳은 노인요양전문병원. 같은 또래의 할아버지와 할머니들뿐이었다. 모두 무표정한 얼굴이었다. 간간이 찾아오는 가족들이 전부였다. 그곳에서 임종을 기다리고 있는 것이다. 그렇게 허무할 수가 없었다. "늙으면 자식들에게도 짐이 된다"는 말이 실감났다. 서울로 올라오는 내내 인생무상을 느꼈다.

93 10초 주례사

결혼할 때 혼수 못지않게 고민하는 대목이 있다. 주례다. 누구든지 이름 있는 분, 훌륭한 사람을 모시고 싶어 한다. 하객들에게 보여주기 위한 측면도 부인할 수 없다. 보통 신랑 측에서 주례를 모신다. 주례만 봐도 신랑 측의 집안을 어느 정도 짐작할 수 있다. 대개 신랑 아버지와 친분이 있는 사람이 주례를 맡기 때문이다. 유유상종이라고.

정작 주례사는 별반 다를 게 없다. 어떤 분이 주례를 서든 비슷한 내용으로 축하의 말을 건넨다. 부모님께 효도하고, 아들, 딸 잘 낳고, 건강하고, 화목하고……. 대략 이런 식이다. 그러다 보니 주례사를 거의 경청하지 않는다. 대다수는 식이 빨리 끝나기만을 바란다. 신랑, 신부의 귀에도 주례사가 들어올 리 없다. 결혼식 내내 긴장하는 까닭이다.

따라서 주례사는 짧을수록 좋다. 10분을 넘기면 웅성대기 시작한다. 20여 분 넘게 장광설을 늘어놓는 분들도 있다. 이를 제지할 수도 없고 끝까지 들어주어야 한다. 이만저만한 고역이 아니다. 주례사는 5분 정도가 가장 적당하단다. 한 젊은 친구가 10초 주례사를 들었다고 했다.

"너희들 싸움은 하겠지만, 앞으로 잘 살아라."

하객들은 어땠을까. 큰 박수로 화답했단다.

94 몹쓸 남편

　　돈 잘 쓰고 화끈한 사람을 '기분파'라고 한다. 통이 크다는 말도 듣는다. 그러니까 어울리는 사람들도 많다. 주변에 사람들이 꼬여들기 마련이다. 공짜로 술과 밥을 얻어먹는 것을 싫어할 사람은 없다. 그런데 기분파 가운데는 과시형이 적지 않다. 그럴 만한 능력이 되지 않는데도 생색을 내는 것. 남을 의식해서다.

　　밖에서 화통한 사람이 가정엔 짠 경우가 많다. 펑펑 돈을 쓰면서도 생활비는 한 푼도 내놓지 않는단다. 가정은 나 몰라라 한다. 그래서 아내가 벌어먹고 사는 가정도 있다. 그 아내는 오해를 받곤 한다.

　　"남편이 돈을 잘 버는데, 왜 사서 고생을 하느냐."

　　남의 속을 모르고 하는 소리에 역정을 낼 수도 없다고 한다. 남편이 밉고, 야속할 뿐이다.

　　무엇보다 가정이 중요하다. 가정을 소홀히 하면 어떤 일도 제대로 할 수 없다. 수신제가치국평천하(修身齊家治國平天下). 대학에 나오는 말이다. 이 대목에서도 가정을 강조하고 있다. 밖에서도 잘하고, 집에 들어와서도 잘하면 탓할 게 없다. 그러나 반대의 경우가 많기에 문제가 생긴다. 그렇다면 답은 나와 있다. 가정에 더 충실히 하면 된다. 나라와 천하를 얻기 위해서도 그것이 진리다. 남편들이여! 가정을 더 아끼자.

95 동생, 큰일 하겠어

미디어의 영향력이 큰 세상이다. 특히 방송의 위력은 대단하다. 순간 시청자가 수십에서 수백만에 달하기 때문이다. 반응도 바로 나온다. 방송사 홈페이지는 물론 포털에도 실시간으로 의견이 올라온다. 반면 신문의 영향력은 상대적으로 줄어들고 있다. 무엇보다 신문 구독자가 급감하다 보니 당연한 결과다.

지방에 있는 선배에게서 전화가 왔다.

"동생, 앞으로 큰일 하겠어."

영문을 몰라 물어봤다.

"뜬금없이 무슨 말입니까?"

고위 공직자의 비리 행태를 고발한 텔레비전 프로그램을 봤다고 했다. 부동산 투기, 위장전입, 병역기피, 논문 중복 게재 등으로 얼룩졌더란다. "그런데 동생은 한 곳에도 해당되지 않으니 큰일을 하지 않겠느냐"고 거들었다.

저녁을 먹으면서 낮의 일을 아내에게 얘기했다.

"나 같은 사람이 큰일을 해야 한다고 하던데……."

아내는 코웃음을 쳤다.

"자기처럼 무능한 사람에게 큰일을 맡기겠어."

현재 우리 부부가 살고 있는 모습을 빗대 얘기하는 것 같았다. 18년째 한 아파트에서 살고 있고, 남들처럼 재산도 없고. 솔직히

가족에게 미안한 생각이 든다. 그러나 지금까지 살아온 방식을
바꿀 생각은 없다. 적어도 부끄럽게 살아오지는 않았기에…….

96 6개월만 더 살았으면…

몇 사람만 모이면 건강 얘기를 한다. 나이 쉰을 넘기면 건강하지 않은 사람이 더 많다. 당연히 건강한 사람은 부러움의 대상이다. 사람의 몸도 기계와 같아서 오래될수록 여기저기 고장 난다. 잔고장이 많으면 수명이 길다는 말에 다소 위안을 삼는다. 건장한 사람이 하루아침에 쓰러지는 것을 본다. 건강을 절대 과신해서는 안 되는 대목이다.

건강해 보여도 실제론 그렇지 못한 사람들이 많다. 말만 하지 않을 뿐이다. 지인들과 새벽 운동을 하면 아침식사를 먼저 한다. 식사가 끝나자마자 주머니에서 약 봉지를 꺼낸다. 남이 보이지 않게 입안에 털어넣는다. 무슨 약이냐고 물어본다. 고혈압 등 가지가지다.

"건강해 보이는데……."

"무슨 말씀, 약을 복용한 지 오래 됐습니다."

약 복용이 일상화된 단면이다.

이름이 제법 알려진 변호사가 있다. 그는 불면증으로 고생하고 있다고 했다. 또 다른 회계사. 어지럼증 때문에 회사에 나가지 못하고 병원이나 집에 있는 경우가 허다하단다. 고교 동기가 세상을 떠났다. 간암을 말기에 발견했다. 6개월 시한부 판정을 받고 2개월 더 산 뒤 인생을 마감했다.

"6개월만 더 살았으면……."

죽기 얼마 전 면회 간 친구에게 마지막으로 한 말이다.

97 나눔의 의미

　　"힘 있고 가진 쪽이 따뜻한 마음을."

　의당 그래야 한다. 대통령과 대기업 총수와의 간담회에서도 나왔다. 중소기업을 도와주라는 대통령의 주문이다. 총수들은 고개를 끄덕인다. 틀린 말이 아니기 때문이다. 그러나 중소기업인들이 느끼는 감은 어떨까. 거의 기대를 하지 않는 눈치다. 한두 번 속은 것이 아니다. 잔뜩 기대를 했다가 실망을 하는 것보다 체념하는 것이 낫다는 판단에서다.

　상생(相生)이 화두다. 서로 잘 어울리자는 뜻이다. 그러기 위해서는 죽이 맞아야 한다. 한쪽의 구애만으론 안 된다. 손뼉도 마주쳐야 소리가 난다고, 화답을 해야 한다. 우리 대기업과 중소기업은 상극(相剋)으로 보는 것이 맞을 듯하다. 먼저 대기업의 태도에 문제가 있다고 본다. 중소기업을 하인 대하듯 한다. 그래선 상생을 할 수 없다. 보따리만 풀어놓지 말고 실천을 해야 한다.

　신문 한 귀퉁이의 미담 기사가 눈에 띄었다. 17년 전 교통사고로 숨진 한 젊은 의사의 장기 기증이었다. 의사의 부모는 외아들의 간, 신장, 각막을 기증했다. 5명이 새 생명을 찾았다. 이때 그 부모의 마음은 어땠을까. 지금도 아들 친구들이 번갈아 부모를 찾아온단다. 이렇게 나눔을 몸으로 실천하는 사람들도 있다. 우리 사회가 어둡지만은 않다. 나눔의 의미를 거듭 되새겨본다.

98 두 번째 주례

"많은 분들이 경험했다시피 신랑, 신부의 귀에 주례사는 거의 들리지 않습니다. 짧을수록 좋다고 합니다. 그래서 아내의 역할 및 효도와 건강에 대해서만 몇 가지 말씀을 드리겠습니다.

천 년 전 영국에서는 아내를 '피스 위버'라고 불렀습니다. 평화를 짜나가는 사람이라는 뜻에서입니다. 아내의 역할은 그때나 지금이나 다를 게 없습니다. 가정에서 가장 중요한 일을 하기 때문이죠. 최소한 아내, 엄마, 며느리로서 1인 3역을 합니다. 그런 만큼 남편도 아내를 늘 감싸주고 사랑하기 바랍니다. 가정이 화목해짐은 두말할 나위가 없습니다.

건강 역시 간과해서는 안 될 것입니다. 부부의 건강은 물론 부모님의 건강도 꼭 챙겨드려야 합니다. 몸이 자유롭지 못하면 아무리 좋은 음식을 대접하고, 쓸 돈을 드려도 소용이 없습니다. 1년에 한 번씩 정기검진을 받도록 해드리세요. 그것이 효도의 출발점이라고 할 수 있겠습니다."

나의 두 번째 주례사 요지다. 2009년 가을 첫 주례를 선 데 이어 1년 만에 다시 섰다. 신랑과 신부는 39살 동갑내기였다. 주위에서는 나이 쉰에 벌써 주례냐고 한마디씩 한다. 주례에 나이 제한은 없다고 본다. 인품과 성의가 먼저다. 두 대목은 내 인생의 좌표이기도 하다.

99 어느 장단에 춤 출까요

몸이 아프면 귀가 얇아진다. 용하다고 하면 천 릿길을 마다하고 찾아간다. 옆에서 부추기는 사람들도 있다. 소개해준 사람의 성의를 생각하지 않을 수 없다. 직접 전화를 걸어 잘 봐달라고 부탁하는 열성파도 있다. 이 병원, 저 병원 순례하는 단초다. 물론 큰 대학병원에서도 효험을 보지 못했기 때문이다.

먼저 양의를 찾는다. 서양의학을 공부한 그들이 왠지 나을 것 같다는 계산도 깔려 있다. 고가의 장비를 가지고 검사를 한 뒤 치료를 하는 만큼 신뢰성도 높다. 문제는 두통, 어지럼증 등 원인을 알 수 없는 병들이다. 수술적 요법을 통하지 않고 치료해야 하는데, 환자의 만족도는 그다지 높지 않다.

그 다음 찾는 곳이 한의원이다. 한의사들은 못 고치는 병이 없다. 일단 한번 해보자고 한다. 탕약과 침 치료가 주다. 한의사들은 양약을 철저히 배제한다.

"양약을 모두 끊고 한약을 꾸준히 복용해야 효과를 볼 수 있습니다. 믿고 시도해 보십시오."

쉽게 말을 꺼낸다. 그러나 이를 액면 그대로 믿는 사람이 얼마나 될까. 대부분 중도에 포기하고 만다. 이에 그들을 말한다.

"그러면 영원히 고칠 수 없습니다."

환자들은 어느 장단에 맞춰야 할지 모른다. 돌팔이까지 찾아가는 판국이니 누구를 탓할 수도 없다.

　　"일상에서 누구나 겪고 있는 일들을 공유하고자 합니다. 인생은 살맛이 납니다. 오늘이 있기에 내일도 있습니다. 절대로 꿈을 버리면 안 됩니다. 모두 희망을 가집시다."

　　내 블로그 첫 장에 나와 있는 소개의 글이다. 실제로 내가 쓰는 글에는 거의 모두 주인공이 등장한다. 대통령부터 가장 밑바닥 인생까지 망라된다. 물론 실명은 쓰지 않는다. 행여 누가 되지 않기 위해서다.

　　사람만큼 다양한 소재도 드물다. 각자 살아온 인생이 있기에 그렇다. 소설의 주인공은 100퍼센트 인간이다. 그러나 사람마다 가치관이 달라 풍기는 냄새는 다르다. 지극히 인간적인 향기가 나는 사람이 있는 반면, 비인간적인 사람도 있다. 글의 주인공은 향기 나는 사람들이 단연 많다. 비인간적인 사람도 종종 등장하나 악역에 불과하다고 할까.

　　"어 이것, 내 얘기잖아."

　　내 책을 읽은 지인들에게서 심심찮게 듣는다.

　　"죄송합니다. 양해를 구하지 않고 썼습니다."

　　미담 기사가 주종을 이루는 만큼 얼굴을 붉히는 일은 없다.

　　"내 얘기도 좀 써줘."

　　또 다른 부탁을 받는다. 난감할 때가 많다. 내가 그분들에게서 조그만 감동을 받을 때 글로 옮길 수 있다. 감동을 지어낼 순 없다. 그동안 추구해온 문학적 관점과 다르기 때문이다.

101 72시간을 꼬박 새고 나서

잠. 인간에게 없어서는 안 될 보약이다. 어느 시인은 하늘이 내린 축복이라고 읊었다. 그것 때문에 고통을 겪어 본 사람들은 잘 안다. 전 인생의 3분의 1은 잠으로 보낸다고 한다. 90까지 산다고 가정할 경우 30년은 꼬박 잠만 자는 셈이다. 그런데 고마움을 모른다.

"눈만 감으면 잠이 오는데……."

숙면을 취하는 사람들의 정말 행복한 고민이다. 이런 얘기를 불면증 환자에게 해보라. 좋은 대답을 기대하기 어렵다.

의외로 불면증 때문에 고생하는 사람들이 많다. 대부분 겉은 멀쩡해 보인다. "얼굴이 좋다"는 얘기까지 듣는다. 잠을 잘 자지 못해 얼굴이 푸석푸석한데도 살쪄 보이는 경우다. 아니라고 얘기하기에도 껄끄럽다. 굳이 자기의 약점을 내보이고 싶지 않은 마음도 있다. 아프다고 하면 큰병이나 있는 것처럼 소문내는 것이 인심이다. 그래서 많이들 꾹 참고 지낸다.

나도 종종 잠을 설치는 경우가 있다. 의지대로 되지 않는 것이 잠이다. 아무리 잠을 청하려고 해도, 정신이 점점 맑아지곤 한다. 그래도 하룻밤 못 자면 다음 날은 잘 잤다. 이번엔 사흘 밤을 꼬박 새웠다. 내내 정신이 없었다. 오직 잠만 자고 싶었다. 나흘째는 늘어지게 잤다. 머리도 개운했다. 잠이여! 고맙다.

102 연휴가 즐겁지 않은 이유

현대인에게 휴식은 꼭 필요하다. 그 어느 때보다도 스트레스를 많이 받기 때문이다. 주 5일제를 실시하는 것 또한 같은 맥락이다. 주말에 충분히 휴식을 취한 뒤 새로운 마음으로 한 주를 시작하자는 취지다. 생산성 향상에 긍정적 측면도 있긴 하다. 회사 측은 여기에다 연월차 사용을 적극 권장한다. 사원들이 이를 사용하지 않을 경우 사측은 수당을 지불할 의무가 생긴다. 비용을 아끼기 위해서라도 쉬라고 권장하는 것이다.

피고용인인 사원은 선택의 여지가 넓지 않다. 사측이 시키는 대로 해야 한다. 그렇지 않으면 불이익을 당하기 일쑤다. 울며 겨자 먹기로 휴가를 쓸 수밖에 없다. 문제는 그 다음이다. 내키지 않는 휴가가 즐거울 리 없다. 가족들 또한 환영하지 않는다. 가장이 집안에 틀어박혀 있으면 좋아할 아내는 없다. 남편의 사정도 모른 채 아내는 타박한다.

때문에 연휴를 두려워하는 가장들이 의외로 많다. 무엇보다 주머니 사정이 넉넉지 않기 때문이다. 빠듯한 월급에 외식, 여행 등 썩 내키지 않는다.

"연휴가 없었으면 좋겠다."

한 지인이 속내를 털어놨다. 그럴수록 지혜를 짜내야 한다. 지출을 최소화하면서도 가족애를 키우는 방법이 있을 게다.

103 큰며느리 역할론

"우리 딸은 시집을 잘 갔어. 사위가 지 마누라 힘들다고 앞치마 두르고 설거지 하고, 청소도 해주고. 착해."

"근데, 우리 아들은 장가를 잘못 간 거 같애. 며느리는 가만히 앉아있고, 글쎄 우리 아들이 집안일을 다 하더라구. 내가 저를 어떻게 키웠는데. 그것 보니까 속에서 불이 나더라구."

노인회관이나 아파트 정자에서 흔히 듣는 말이다. 사람들은 남의 흉을 잘 본다. 그중에서도 며느리는 안줏감으로 자주 등장한다. 시어머니에게 며느리는 가까우면서도 먼 존재로 느껴진다. 내 뱃속에서 낳지 않은 탓일까. 며느리를 칭찬하는 시어머니는 그리 흔하지 않다. 왠지 불만이 더 많다. 듣는 사람들이 좀 뜨악할 만큼 인색하다.

집안에서 며느리는 정말 중요한 역할을 한다. 아내, 엄마로서뿐만 아니라 가정의 화목을 책임진다. 특히 큰며느리의 역할은 아무리 강조해도 지나치지 않다.

"큰며느리가 잘 들어와야 집안이 번성한다."

옛 어른들이 하던 말이다. 시대가 바뀐 요즘도 다를 바 없다. 온갖 집안일은 그의 손에서 비롯된다. 제사는 물론, 크고 작은 경조사까지. 그런 만큼 큰며느리를 특별히 아끼고 대접해줄 필요가 있다. 가정의 평화를 위해서도 그렇다.

104 큰 사랑, 짧은 작별

큰댁에서 먼저 차례를 지낸다. 사촌들이 모두 모인다. 조카들도 여럿 있다. 대가족이라 50여 명은 족히 된다. 제주(祭主)는 큰아버지. 올해 여든이 되셨다. 건강이 좋지 않은 편이다. 술을 부어 올리는 손이 떨린다. 다리도 힘이 없어 절을 하는 데 힘겨워 보인다. 이번 제사가 마지막이라는 심정으로 조상들에게 예를 올리는 것 같다. 가족들도 대강 짐작은 하고 있다. 그래서 분위기는 더 숙연했다.

2010년 설 제사를 올린 뒤 블로그에 쓴 글이다. 마침내 그 백부님이 추석을 이틀 앞두고 운명하셨다. 월요일 아침 대전의 형님에게서 전화가 왔다. 휴대폰을 진동으로 해 놓아 바로 받지 못했다. 어쩐지 불길한 예감이 들어 전화를 걸었다.

"큰아버지가 방금 전 운명하셨다."

예상은 했지만 적잖이 놀랐다. 워낙 정신력이 강한 분이라서 당분간 더 버틸 것으로 생각했었다. 그런데 운명은 재천이라고. 한 많은 인생을 그렇게 마감했다.

추석날 발인을 할 수 없어 4일장을 치르기로 했다. 때문에 조상님 차례상도 차려드리지 못했다. 모든 식구들이 장례식장을 지켰다. 유독 사랑을 많이 받았던 나다. 고인께 따로 해드릴 것이 없다. 짧은 글로 작별을 고한다. 부디 영면하소서……

105 누가 누구에게 돌을 던지랴

"사람이 정말 없는 모양이야. 어떻게 그런 사람을 앉히지. 자기네끼리 다 해 먹으려고 해. 앞으로 큰일일세."

정권이 바뀌거나 개각을 할 때마다 나오는 말이다. "그 사람이 적임"이라는 얘기는 거의 듣기 어렵다. 그럼에도 발표문은 근사하다. "청렴한 데다 업무에 정통하다"는 설명이 가장 많다. 어떤 잣대로 그 같은 평가를 내놓는지 알 수 없다. 역대 정권이 비슷하다. 그러다 보니 국민들은 관심이 없다. 하물며 무슨 감동을 받겠는가.

인사청문회 제도가 도입된 뒤 드러나고 있는 풍경이다. 열 길 물속은 알아도 사람 속마음은 알 수 없다고 했다. 전혀 그럴 것 같지 않은 사람도 불법, 탈법을 저지른 사실이 밝혀진다. 인간에겐 양면성이 있다. 선과 악이 함께 꿈틀거린다. 적어도 지도층 인사라면 선이 악을 제어해야 한다. 보통사람보다 더 자제를 많이 해야 한다는 얘기다.

인사청문 대상자를 다루는 위원들 역시 문제가 없지 않다. 자신들은 흠결이 없는 양 몰아붙인다. 남을 나무라고, 탓하기는 쉽다. 그러면서 의기양양해 한다. 다분히 표를 의식하는 측면도 부인할 수 없다. 그러나 한국 사회에서 그 어느 누구가 남에게 함부로 돌을 던질 수 있겠는가. 청문회에 대한 나의 소회다.

106 겸손보다 큰 무기는 없다

"오 기자님, 살면서 가장 큰 무기가 뭔지 압니까."

평소 형님처럼 지내는 지인이 물었다. 거침없이 대답했다.

"저는 양보와 겸손이라고 생각합니다."

평소 내가 느끼고 생각해오던 바다. 그러자 지인이 내 손을 덥석 잡았다.

"정말 존경합니다. 그럴 줄 알았습니다."

우리 둘은 한참 손을 붙들고 마음을 나눴다. 그분 또한 겸손이 몸에 배어 있다. 주변의 존경을 받음은 물론이다. 특히 아랫사람에게도 깍듯하다.

사람은 누구나 우쭐대고 싶은 마음이 있다. 상을 받거나 승진하면 자랑하고 싶어진다. 전쟁에서 이기면 승리에 도취하듯 우월감에 빠진다. 반면 자기를 낮추고 겸손해하는 사람들이 있다. 공도 다른 사람 몫으로 돌린다.

"저는 단지 운이 좋았을 뿐입니다. 모든 분들이 도와준 덕이죠."

우쭐대는 구석은 어디서든 찾아볼 수 없다. 훨씬 돋보이는 이유다.

겸손은 어릴 때부터 몸에 배야 한다. 그래야 어른이 되어서도 자연스럽게 실천할 수 있다. 그 모태는 가정교육이다. 부모가 겸손하면 자식도 따라 배운다. 자식에게 재산을 물려주는 것도 중

요하다. 자본주의 사회에서 그것을 더 원할지도 모른다. 물질만
능주의 시대에 겸손이 더해지면 더 바랄 것이 있겠는가.

107 어느 CEO의 성공 비결

일반 회사원의 꿈은 뭘까. 그 직장에서 최고경영자가 되는 것일 게다. 누구에게나 그 같은 기회가 찾아오지는 않는다. 사장은커녕 중간간부급인 부장도 못하고 그만두는 경우가 허다하다. 명예퇴직이 빨라지면서 내부경쟁도 그만큼 치열해지고 있다. 일반 회사의 경우 쉰 전에 임원이 되지 못하면 내일이라도 보따리 쌀 각오를 해야 한다.

꽤 성공한 CEO와 운동을 함께했다. 입지전적인 인물이기에 더 귀를 기울였다. 그는 지방의 그다지 유명하지 않은 공고 출신이다. 안 해본 일이 없단다. 기관사 조수부터 현장을 모두 누볐다고 했다. 사장이 된 지금도 현장을 중시한다. 임원들 역시 사장의 경영철학을 따른다고 했다. 그러다 보니 노사가 일체가 되고, 노사갈등도 거의 찾아볼 수 없다고 소개했다. 그 회사는 단연 주목받을 수밖에 없다. 벤치마킹 대상이 되고 있음은 물론이다.

CEO로서 성공하려면 우선 전문성을 갖춰야 한다. 리더십도 거기에서 나온다. 사원들보다 더 많이 알아야 존경을 받을 수 있다. 자리만 차지하던 시대는 지났다. 자기 스스로 부단히 노력하고 연마해 실력을 쌓아야 한다. 초스피드 시대에 조금이라도 게을리하면 낙오하고 만다. CEO의 첫 번째 덕목은 실력이다.

안빈낙도(安貧樂道)라는 말이 있다. 가난 속에서도 편안한 마음으로 도를 즐기는 것을 말한다. 보통 낙향하여 지낼 때 쓴다. 모든 것을 잊고 산다는 뜻일 게다. 실제로 도회지에서의 찌든 삶을 벗어버리고 시골로 내려가는 사람들이 적지 않다. 자유를 만끽하면서 자기만의 삶을 누리기 위해서다. 많은 도시민의 이상향이기도 하다.

나에게도 물어본다.

"어찌 살아야 할까."

"인생의 반이 남았다고 하는데 정말 뜻있게 살 수 있을까."

"지나온 날은 후회 없이 살아왔나."

내 성격상 과거는 돌아보지 않는다. 이미 지난 일이기에 미련을 가진들 아무런 소용이 없다. 중요한 것은 앞날이다. 다들 그렇게 얘기한다. 그러나 난 조금 다르다. 미래보다는 현재를 중시한다. 미래는 현재의 연장선상에 있다고 믿기 때문이다. 그래서 오늘 최선을 다하고, 만족하려고 노력한다.

저녁 약속을 거의 잡지 않는다. 대신 점심을 한다. 저녁 시간을 활용하기 위해서다. 식사 후 아내와 함께 산보를 한다. 집 근처 안양천변을 걷는다. 둘이 이런저런 대화를 나눌 수 있어서 좋다. 샤워 후엔 뉴스를 보고 일찍 잠자리에 든다. 새벽은 나 혼자만의 시간. 글도 주로 이때 쓴다. 요즘 나의 하루다.

109 술에도 철학이 있어야

남자 사회에서 꼭 빠지지 않는 것이 있다. 바로 술이다. 둘만 만나면 한잔 걸치게 된다.

"언제 소주 한잔 합시다."

친한 사이에 흔히 건네는 인사말이다. 거기에는 정겨움도 배어 있다. 술을 마시다 보면 모르는 사람끼리도 금세 가까워진다. 윤활제 역할을 한다는 얘기다.

그러나 과음은 금물이다. 건강을 해칠 뿐만 아니라 그동안 쌓아올린 업적을 한순간에 날리기도 한다. 주위에서 종종 보거나 듣는다. 뒤늦게 후회한들 소용없다. 조심하는 것이 상책이다. 술에 관한 한 나름대로 철학을 갖는 것이 좋다. 남을 의식할 필요는 없다. 결례가 되지 않는 범주에서 조절해야 한다. 너무 많이 마셔 실수하는 것보다는 낫기 때문이다.

대학 때부터 술을 정말 많이 마셨다. 학교 안팎에서 알아줄 정도였다. 기자생활을 하면서도 그대로 이어졌다. 바보스럽게 자랑을 하기도 했다. 그나마 탈이 나지 않은 게 다행이다. 한 가지 철학은 지금껏 유지해오고 있다. 연속해서 술을 마시지 않는 것. 자정을 넘기지 않는 것. 쉰을 넘긴 뒤부터는 가급적 술을 삼가고 있다. 부득이한 경우가 아니면 절주를 실천한다. 술은 가까우면서도 먼 친구로 남기고 싶다.

110 죽음, 언제든 받아들이자

사형을 선고받은 사람들조차 꺼려하는 것이 있다. 죽음이다. 죽음이 코앞에 닥쳐 있는데도 죽도록 그것을 싫어한다. 하루라도 더 살고 싶어하는 것이 인간의 마음이다. 시한부 선고를 받은 암 환자도 마찬가지다. 빨리 죽고 싶다고 하면서도 그것을 두려워한다. 그런 것을 보면서 다시금 생명의 존엄성을 깨닫는다.

지방의 대학교수로 있다가 고위공직자로 올라온 선배가 있다. 토요일 저녁인데 전화를 걸어왔다. 먼저 자신의 근황을 설명했다. 뒤늦게나마 축하의 인사를 건넸다. 이런저런 말끝에 또 다른 선배의 소식을 전해줬다.

"○○ 알지. 얼마 전에 죽었어. 어쩔 수 없었지."

그 선배의 간이 나쁘다는 얘기를 듣곤 있었다. 간 이식 수술도 받은 것으로 알고 있다. 그런데 운명을 달리하다니……. 대학도 같이 다니고, 술도 자주 마셨던 터라 선배의 얼굴이 떠올랐다. 졸업 후 한 번도 만나지 못한 게 후회스러웠다. 부디 영면을 빌 뿐이다.

인생은 한 번 왔다가 간다. 누구도 죽음을 피해갈 순 없다. 그렇다면 담담히 받아들이는 자세가 좋을 것 같다. 대신 살아 있을 때 선행을 해야 한다. 많은 이들이 죽음 직전에 뉘우친다. 이생에서 미련을 남기지 않기 위해서다. 죽음도 준비해둘 필요가 있다.

/// 철학과를 선택한 이유

시골에서 공부를 잘한 학생들에게 귀가 닳도록 들어온 말이 있다.

"경영대를 가서 돈을 많이 벌어 부자가 되어라."

"법대에 가 판·검사가 돼서 집안을 일으켜라."

실제로 많은 학생들이 유학을 떠나 부모의 꿈을 이루곤 했다. 개천에서 용 난다는 말도 흔히 썼다. 선망의 대상이 됐음은 물론이다.

나에게도 그 같은 꿈이 있었다. 초등학교 5학년 말에 도회지로 전학을 갔다. 좋은 고교, 일류 대학에 가길 원하는 부모님의 배려에 의해서였다. 중학교에 진학한 뒤에도 그 꿈이 영글어가는 것 같았다. 상위권 성적을 계속 유지해 별반 걱정을 하지 않았다. 그런데 중학교 2년을 마치고 청천벽력 같은 소식이 날아들었다. 그토록 든든하게 뒤를 받쳐주시던 아버지가 순직하셨다. 정말로 하늘이 노랬다. 아무것도 생각하기 싫었다. 40대 초반의 어머니와 형제 5명만 남았다. 앞으로 살길을 걱정해야 했다.

다행히 지역의 명문 고교에 들어갔다. 그때부터 경영대와 법대는 머릿속에서 지워졌다. 어머니는 계속 원하셨지만 내 마음 속은 이미 떠나 있었다. 막연히 철학과를 희망했다. 무슨 이념이나 생각이 있어서 그랬던 것은 아니다. 아무런 제약을 받지 않고 대학을 마쳤다. 오늘의 나를 있게 해준 토양인지도 모른다.

112 휴식은 신의 선물이다

건강한 사람을 무쇠 같다고 말한다. 밤낮을 새도 지칠 줄 모르고 씩씩하게 일한다. 아프다는 소리도 들어보지 못한다. 그러나 인간의 몸에는 한계가 있다. 무리하면 반드시 탈난다. 쉬어야 회복할 수 있다. 휴식은 소금과도 같다. 쉼 없이 일만 하면 능률이 오를 리 없다. 창조적인 일도 할 수 없다.

직장인에게는 정기휴가 뿐만 아니라 연월차가 주어진다. 재충전할 수 있는 소중한 기회다. 가족과 함께 보내거나 혼자만의 시간을 가질 수 있다. 특혜인 셈이다. 그런데 휴가 자체를 불평하는 이도 적지 않다. 그중 경제적인 이유가 가장 크다. 쉬려면 돈이 드는데, 형편이 어렵다는 것. 집에만 있을 수 없고, 나가면 돈을 쓰지 않을 수 없다. 따라서 경제적으로 휴가를 보내는 방법을 터득해야 한다. 그 방법은 아주 없지 않다고 본다.

동네 목욕탕 이발사와 휴가 얘기를 했다. 얼마나 쉬는지 물어봤다. 예순을 넘겼는데 평생 쉰 날이 거의 없다고 했다. 군대 가기 전 이틀, 제대 후 닷새가 전부라고 했다. 젊을 때는 몰랐는데 나이가 들면서 예전 같지 않다는 말도 꺼냈다. 주변엔 이런 분들도 있다. 휴가가 많다고 짜증 내는 것은 복에 겨워 하는 소리다. 휴식을 신이 내려준 선물로 생각하자.

113 아내를 위하여…

　　항상 곁에 있는 사람에겐 소홀하기 쉽다. 지금 당장 못해주더라도 다음에 해줄 수 있다고 믿기 때문이다. 그래서 우선순위에서 밀리곤 한다. 함께 살고 있는 배우자가 그렇다. 말로는 다 해줄 것처럼 하면서도 실제론 퉁명스럽기 짝이 없다. 남이 보는 앞에서 면박을 주기도 한다. 가장 못난 사람이 하는 짓이다.

　　결혼한 지 만 23년째다. 아내의 생일을 한 번도 제대로 챙겨준 적이 없다. 바빠서 시간이 없다는 게 첫 번째 이유였다. 아내 역시 그러려니 했다. 처음으로 아내를 위한 시간을 갖기로 했다. 마침 생일을 전후해 연월차 3일을 썼다. 오로지 우리 둘만의 시간을 갖기 위해서였다.

　　미리 숙박시설도 예약해 두었다. 오후 5시쯤 체크인을 했다. 17층에 방을 잡아 전망도 좋았다. 남산이 코앞에 보이고, 시내 전경도 한눈에 들어왔다. 저녁식사 후엔 남산을 산책했다. 더운 날씨인데도 많은 사람들이 오르내렸다. 모두 정겨워 보였다. 그때 군에 가있는 아들에게서 전화가 왔다.

　　"엄마, 아빠 좋은 시간 보내세요. 휴가 나가서 뵐 게요."

　　아내는 아들녀석의 전화에 더 흥이 솟는 것 같았다. 다시 한 번 가족을 생각한다. 아내와 자식에게 모든 것을 다 주어도 아깝지 않다.

114 아들의 첫 휴가

군인에게 외박과 휴가는 최고의 선물이다. 바깥 구경을 할 수 있는 것이 첫 번째 이유다. 영내에서 단체생활을 하다가 잠시라도 자유를 누릴 수 있다. 요즘 군대는 정말로 좋아졌다. 시설도 좋거니와 면회와 외출이 비교적 자유롭다. 그 옛날과는 비교할 수 없을 정도다. 그래도 군인은 군인이다. 규칙적인 생활을 해야 하고, 제약도 따르기 마련이다. 제대 날짜를 손꼽아 기다리는 이유이기도 하다.

아들녀석이 첫 휴가를 나온다. 2009년 4월 입대한 지 15개월 만이다. 공군에 입대한 터라 그간 외박은 몇 번 나왔었다. 모두 2박 3일짜리였다. 자주 나오는 편인데도 휴가가 기다려지는 모양이다. 며칠 전부터 휴가 계획을 짜놓았단다. 먹고 싶은 음식, 만나고 싶은 친구가 단골 메뉴인 듯싶다.

나도 녀석과 휴가를 맞추었다. 함께 많은 시간을 보내고 싶은데 뜻대로 되지 않을 것 같다. 엄마, 아빠와 보내는 시간보다 친구들에게 더 많이 할애했다고 한다. 얼굴이나 제대로 볼 수 있을지 모르겠다. 애 엄마한테도 서운해하지 말라고 미리 귀띔한다. 녀석이 즐거우면 그만이다. 자식이라고 속박해서는 안 된다. 자유로움 속에서 인성(人性)도 완성된다.

115 매너남이 되려면

만날 때마다 기분 좋은 사람이 있다. 그냥 약속만 잡아도 가슴이 설렌다. 부담이 없고, 시간 또한 아깝지 않기 때문이다. 그런 사람이 되기 위해서는 매너를 갖추어야 한다. 대인관계에 있어서도 매너가 제일 중요하다. 무엇보다 그것이 몸에 배야 한다. 그래야 상대방도 마음을 연다.

가끔 골프를 친다. 여러 부류의 사람과 어울리다 보니 매너의 차이점도 보게 된다. 신사운동이라고 하는데 매너 없는 사람들이 적지 않다. 자기 멋대로 하는 사람들이 대표적 부류다. 분명히 룰이 있는데도 무시해버린다. 아마추어끼리는 웬만하면 양해를 한다. 즐기기 위해서다. 골프를 인생에 빗대기도 한다. 부침이 적지 않아서 그럴 게다. 잘 맞을 때도 있고, 못 칠 때도 있기 마련이다. 그런데 동반자들이 민망할 정도로 짜증을 내는 이가 있다. 이런 경우 매너는 물론 인간성도 다시 보인다.

매너의 첫 번째 조건은 상대방에 대한 배려다. 일정 부분 자신의 희생이 필요하다면 감수해야 한다. 내 것을 다 만족시키면서 상대방을 배려할 순 없다. 인생이 그렇다. 조금씩 양보하면서 살아가야 한다는 얘기다. 따라서 이기심을 버려야 한다. "매너가 훌륭하다"는 말은 자주 들을수록 좋다.

116 월급쟁이, 행복한 줄 알자

잘 먹고 잘사는 사람들을 본다. 부러울 수밖에 없다. 좋은 집, 좋은 차, 좋은 옷 등 모두가 탐내는 대상이다. 그러나 모든 사람들이 누릴 수 없다. 경제적으로 여유 있는 이들만 가질 수 있는 특권이다. 남자들은 내색하지 않지만, 여자들은 남편의 무능을 탓하기도 한다. 남들처럼 돈을 벌어오지 못한다고 불평한다. 웬만한 월급을 받지 않으면 잘살기 어렵다. 아내가 미처 생각하지 못하는 남편의 비애다.

잘나가는 기업인들과 자리를 함께했다. 월급쟁이의 처지를 토로했다. 저축도 어렵거니와 미래 역시 불안하다고 했다. 고액 연봉자를 제외하곤 처지가 비슷하다.

"오너인 당신들이 부럽습니다. 또한 당신들은 일자리를 만드는 만큼 애국자입니다. 직장인의 꿈은 임원이나 오너가 되는 것입니다."

내 희망까지 섞어 얘기했다. 그러자 한 분이 말을 받았다.

"지금까지 직장에 다니는 것만도 행복하게 생각해야 합니다. 그만둔 분들도 많지 않아요."

틀린 말이 아니었다. 한 직장에 20년 이상 다니고도 푸념하는 사람들이 있다. 대접이 시원찮다고 불평한다. 이는 하나만 알고 둘을 모르는 것과 같다. 직장이 없었다면 어땠을까. 그래도 월급쟁이는 행복하다.

117 아내의 제삿날

부부가 한 날 한 시에 죽는다면 얼마나 좋을까. 사고라면 몰라도 그런 경우는 없다고 보아야 할 것이다. 어느 부부든지 결혼과 함께 백년해로할 것을 다짐한다. 자연수명이 길어지면서 결혼 50주년은 흔하다. 머지않아 60~70주년 되는 커플도 심심치 않게 볼 것 같다.

가장 불행한 것이 사별이다. 대부분 불치병에 걸려 일찍 생을 마감한다. 남은 배우자도 불행하기는 마찬가지다. 아이들이 어린 경우엔 특히 그렇다. 재혼도 여의치 않다. 그렇다고 혼자 지내는 것 또한 쉬운 일이 아니다. 아내보다 남편의 상실감이 훨씬 크다. 남편은 부인의 손길이 필요하기 때문이다. 어떤 남자도 스스로 해결할 수 있다고 장담하지 못한다.

휴가 중에 아침 일찍 친구에게서 전화를 받았다. 지방에 있는 친구여서 무슨 일이 있나 궁금했다.

"어쩐 일인가. 일찍부터 전화를 하고……."

평소 주고받는 대로 말을 받았다.

"서울에 왔네. 오늘이 아내 기일일세."

몇 해 전 이때쯤 문상을 갔던 기억이 떠올랐다. 순간 어떻게 위로해야 할지 몰라 뜸을 들였다. 늠름한 친구여서 이내 화제를 돌렸다.

"지방에 한번 내려오게. 아내에게 늘 잘해 주고……."

다시 한 번 부부의 연을 생각하는 하루였다.

118 이름 때문일까

사람이 태어나면 가장 먼저 이름을 짓는다. 아예 출생도 하기 전에 이름을 지어놓고 기다리는 부부도 있다. 예전에는 보통 할아버지가 이름을 지어주셨다. 물론 돌림자를 땄다. 그래서 집성촌에 가면 비슷하거나 똑같은 이름이 적지 않다. 이를 전국적으로 환산해보라. 같은 이름이 많을 수밖에 없다. 이름이 나와있는 전화번호 책을 보면 바로 알 수 있다.

기자라는 직업상 많은 사람을 만난다. 명함을 주고받는 것이 다반사다. 그 뒤 몇 번이고 만나면 몰라도 얼굴을 잊어버리기 쉽다. 얼굴을 몰라봐 미안한 적이 한두 번이 아니다. 한 포럼에서도 경험을 되풀이했다. 한 분이 멀찌감치서 웃으며 다가왔다. 나를 잘 아는 듯했다. 그러고 보니까 나도 얼굴을 어디선가 본 것 같았다. 그에게서 명함을 건네받은 다음에야 기억해낼 수 있었다. 5년 전 인터뷰 당시 만난 분이었다. 거듭 미안함을 표시했다.

곰곰이 생각해본다. 많은 분들이 나를 기억해주는 것은 이름 때문이 아닌가 생각한다. '오풍연'. 어느 포털에 들어가도 한 명밖에 없다. 가끔 강연을 할 때도 길게 설명하지 않는다.

"제 이름 석 자만 쳐보세요. 저의 모든 것을 알 수 있습니다."

할아버지가 지어주신 이름이다. 조상님께 고마워해야 할까.

119 당신 끝까지 책임질게

　　　　집에 있을 땐 주로 텔레비전을 본다. 가족과 함께 보는 경우가 많다. 채널 선택권이 여자들에게 있기 때문에 따라 본다. 아침 생방송을 봤다. 여러 사람들이 나와 일상을 얘기하는 프로그램이다. 사람 사는 것을 소재로 하니까 누구든지 공감할 수 있다. 자신과 이웃의 얘기가 많다. 별난 사람보다 보통 사람들의 얘기여서 귀에 쏙 들어온다.

　그날의 주제는 '여자가 남자보다 더 오래 살아야 하는 이유'였다. 밥하는 것부터 빨래하는 것까지 여러 가지 사례를 제시하며 얘기를 풀어갔다. 남자 출연자들은 머쓱해했다. 큰소리를 치고 있지만 사실 자기 혼자 할 수 있는 것이 별로 없어 보였다. 나도 마찬가지였다. 라면 끓여 먹는 정도나 할 수 있을 것 같았다. 결론도 도출됐다.

　"여자가 남자보다 더 오래 살아야 한다."

　남자들도 이의를 달지 않았다. 주변의 일을 보아왔기 때문일 터. 늙을수록 남자가 여자보다 더 외로움을 탄다. 아내를 더 찾는 이유이기도 하다. 남자가 한창 일할 때 쓰러지는 경우가 있다. 가정이 풍비박산날 수도 있다.

　"당신, 늙어 죽을 때까지 내가 책임질게."

　아내의 따뜻한 한마디가 가정의 평화를 가져온다. 물론 남편도 다시 일어설 의지를 갖게 된다.

돈 있고, 명예 있고, 건강하고, 뭔가 유익이 있을 때는 친구가 많아 보입니다만, 건강 잃고 돈 잃고 명예도 잃으면 친구인 양 헤헤거리던 사람들은 다 떨어져나가고 진짜만 남습니다. 그때 참 친구가 보입니다. 내 초라한 모습까지도 편견 없이 받아들여주는 친구를 가져서 참 행복하다는 생각을 하면서 즐거운 시간을 보내고 돌아왔습니다.

제3장
사랑하는 사람들과

참 오랜만에 메일을 드립니다.

쉬지 않고 치료를 받아온 끝에 치료효과를 극대화하기 위해 강도를 네 배로 높여 치료를 받기 시작한 지 3개월이 되었습니다. 간신히 버티고 있던 몸이 마침내 비명을 지릅니다. 더 이상 버티기 힘들었는지 온몸에 기운을 잃고 급기야는 물도 마시기 힘든 상태가 되어버려서 또 다시 벼랑 끝에 선 모습으로 산다는 게 뭔가……, 하고 생각하게 되었습니다.

그동안 집안에서나마 밥 먹고 활동의 자유를 보장받았던 삶이 결코 나의 힘이 아니었음을 다시 한 번 절감하면서 숨 쉬는 것, 물 한 모금 마시는 것, 맛을 느끼며 음식을 먹는 즐거움, 그리고 걸을 수 있는 것……, 이 모든 평범한 일상이 하나님이 주신 큰 복임을 절절히 느끼게 됩니다. 불평은 사치요, 그 어떤 바람도 사족에 불과할 뿐임을 다시 한 번 깨닫는 귀한 시간들이었습니다. 어찌 보면 눈꺼풀이 무겁다고 느껴보지 않은 사람은 인생을 말하지 않아야 할 것 같다는 생각도 해봅니다.

겨우 물 한 모금이라도 마셔야 움직일 힘이 나고 미음 한 숟갈이라도 넘겨야 힘이 나는, 우리 몸은 그런 연약한 기계입니다. 삶을 포기하고 싶은 시간들이 며칠 동안 계속되고, 누워서 마음으로 질문합니다.

'하나님, 끝날 것 같지 않은 이 고통을 참으면서 제가 살아 있어야 할 이유가 무언지에 묻고 싶습니다.'

묻고 또 묻고 했습니다. 답은 아이들이 해줬습니다.

"엄마니까 살아야지."

그 말에 다시 마음을 추스르고 힘을 내봅니다. 까실거리는 입맛이지만 애들이 엄마를 살려보겠다고 정성껏 만든 미음을 떠먹고 기운을 조금씩 차려서 이제 밥도 조금씩 먹습니다. 이제는 몸을 추스르기 위해 잠시 치료도 쉬고 있습니다만, 다음 주부터 다시 시작할 예정이어서 좀 두렵습니다.

끝나지 않을 것 같은 이 싸움을 그래도 다시 또 시작하려고 합니다. 혹 소식이 없으면 치료가 힘들어서 그런가보다 하시면 될 것 같습니다. 제가 지치지 않도록 기도해주세요. ^^

두 딸과의 여행

"내가 '내 길을 지켜 내 혀가 죄 짓지 않게 하리라. 악인이 내 앞에 있는 한 내 입에 재갈을 물리리라' 했으나 내가 말없이 잠잠히 있어 아예 선한 말조차 하지 않고 있으니 내 고통이 한층 더 심해집니다. 내 마음이 안에서 부글부글 끓어 묵상하면서 속이 타서 급기야 부르짖지 않을 수 없습니다.

오 여호와여, 내 마지막을 보여주소서. 내가 얼마나 더 살지 보여주소서. 내 인생이 얼마나 덧없는지 알려주소서. 주께서 내 삶을 한 뼘만큼 짧게 하셨고, 내 일생이 주가 보시기에 아무것도 아니니 제 아무리 높은 자리에 있어도 사람이란 헛될 뿐입니다.

사람이란 저마다 이리저리 다니지만 그림자에 불과하고 별 것도 아닌 일에 법석을 떨며 누가 갖게 될지 모르는 재물을 차곡차곡 쌓아둡니다.

하지만 주여, 내가 무엇을 기다리겠습니까? 내 소망은 주께 있습니다. 내 모든 죄악에서 나를 구원하시고 어리석은 사람들의 조롱거리가 되지 말게 하소서. 내가 벙어리가 돼 입을 열지 않았으니 이는 주께서 하신 일이기 때문입니다. 주의 채찍을 내게서 없애주소서, 주께서 손으로 치시니 내가 거의 죽게 되었습니다. 주께서 죄 지은 사람을 꾸짖어 고쳐주실 때 그가 소중히 여기던 것을 좀먹듯이 사라지게 하시니 사람이란 헛것일 뿐입니다.

오 여호와여, 내 기도를 들어주소서. 내 부르짖는 소리에 귀 기울이소서. 내 눈물을 보시고 가만히 계시지 마소서. 내 모든 조상들이 그랬듯이 나도 이방 사람이 되고 나그네가 돼서 주와 함께할 수밖에 없습니다. 내게 눈길을 돌려주소서. 그래서 내가 떠나 없어지기 전에 내 기력을 되찾게 해주소서."

오늘 새벽에 읽은 시편 39편의 말씀 내용입니다. 구구절절 마음에 와닿는 것은 아마도 저의 처한 형편이 그 옛날 다윗 왕의 고통과 닮았다고 느껴지기 때문인가 봅니다. 며칠 전에 치료검사 결과가 나왔는데, 4년간 써오던 약이 내성이 생겨 더 이상 그 약을 쓸 수 없게 되었다고, 약을 끊고 2주 정도 쉬다가 다시 오라는 교수님의 말씀을 들었습니다. 아직까지는 가장 치료효과가 좋은 약이라고 말씀하시면서 추후 치료에 대해 생각을 좀 해보

자고 하십니다. "너무 실망하지 마시구요……"라고 저를 위로하
시는데 제가 보기엔 교수님이 뭔가 많이 실망하신 것 같았습니다.

　제 병에 대해서는 누구보다 더 자세히 알고계시는 분이 실망
이라는 말을 하시니 저도 실망해야 하나……, 잠시 생각했습니
다. 결론적으로 말씀드리자면 저는 아는 게 없어서 실망을 안 했
습니다. 무식하면 용감하다고들 하지 않습니까? 하하하. 그 말
이 맞나봅니다. 실망은 교수님 혼자 하시면 되지 저까지 한다고
해서 뭐 나아질 것도 없고, 그저 저는 치료를 중단한다고 하니
'밥을 먹을 수 있겠구나' 하는 기쁨이 더 컸다고나 할까요? 아무
튼 그 후로 그동안 먹지 못했던 밥을 열심히 먹으면서 기력을 회
복하고 있는 중입니다.

　'우리 인생이 70이요, 강건하면 80이라도 수고와 슬픔뿐이니
우리가 신속히 날아가나이다' 라고 고백했던 인생의 선배들의 고
백이 실감이 나는 것은 세월이 어찌나 빠른지요. '쏜살같이' 라
는 말을 곱씹어보게 되는 군요. 쏘아진 화살이 날아가는 속도로
지나가버리는 시간들……, 아프다, 아프다 하는 동안에 벌써
2010년이 두 달여를 남기고 지나가버렸다니 정말 믿어지지가
않습니다. 2010년이란 숫자랑 아직 친해지지도 못했는데…….
휴~ 세월 참 빠릅니다.

　짧은 기간이지만 쉬는 동안 딸들이 엄마와 함께하는 여행을
준비하고 있나 봅니다. 제가 좋아하는 진동계곡에 2박으로 다녀
올 예정이구요. 그 다음 주엔 제주도 3박 4일의 여행을 계획하고
있습니다. 몸이 잘 따라줄지 걱정은 되지만 제 몸에게 잘 부탁해

서 다녀오자고 구슬려보려고 합니다. 하하~

아픈 동안 많이 연습한 '좀 불편하게, 좀 느리게, 좀 덜 완벽하게'를 받아들이면 행복해집니다. 이 아름다운 계절을 잠시나마 누릴 수 있게 되어 얼마나 감사한지 모르겠습니다. 또 소식 드릴게요.

보통사람과 포용력

참 오랜 시간 동안 쌓아오신 두 분의 교제가 담긴 메일을 보며 다시 한 번 생각했습니다. 성서를 연구해서 적절한 주제를 전달해오신 조 선생님(光州에서 안경점 운영)의 박학다식함에 놀라고, 그 내용을 다 들으시고 편견 없이 대화하시는 오 선생님의 포용력에 다시 한 번 놀라게 됩니다. 편협한 사고를 가졌다면 내치고 싶을 만큼 전문적인 용어와 좁혀지지 않을 것 같은 생각의 차이에도 불구하고 편안하게 들어주시는 걸 보면 역시 그릇이 크신 분이시라는 생각이 틀리지 않았다는 생각이 들게 됩니다.

더구나 정치와 종교라는 민감한 주제로 이어진 두 분의 교제라서인지 더 귀하게 느껴집니다. 자칫 강요로 치우칠 수도 있고 자기 주장에 몰입할 수도 있는 주제이기에 외줄 타기와 같은 아슬아슬함이 있기도 한 일이지요. 저는 50편에 달하는 그 많은 내용들을 오 선생님이 어느 정도 수긍하셨는지 궁금해집니다. 솔직한 제 느낌은 조 선생님은 강의를 하시고 오 선생님은 들으시는 입장이 되셨던 건 아닌가 하는 제 나름의 그림이 그려집니다. 글만 보고 그런 말을 한다는 건 좀 섣부른 해석일지도 모릅니다만……

아무튼 오 선생님에게는 보통사람들에게서 찾아보기 힘든 포용력과 배려하는 마음이 있습니다. 사람은 거울과 같아서 서로를 보며 그 속에서 자기 모습을 발견하게 됩니다. 저에게 오 선생님은 포용하고, 용납하고, 자기를 주장하지 않고 남을 받아들이는 너른 마음을 배우라고 하나님께서 만나게 하신 것 같다는 생각을 자주 해봅니다. 제가 노력해도 잘 안 되는 부분을 다 갖추신 것 같거든요. 2010년은 오 선생님을 알게 되고 대화할 수 있어서 참 감사한 해입니다. 배우고 싶은 점이 많은 분이어서 더 그렇습니다.

앞으로도 더 많이 배우도록 하겠습니다. 감사합니다. ^^

일 년에 한 번 만나는 친구

일 년 가야 한 번 만날까 말까 하는 오랜 친구가 있습니다. 어렵고 힘들 때 말을 다듬지 않고 생각나는 대로 해도 되는 친구. 일 년 만에 전화해도 어색하지 않고 화내지 않는 친구. 기쁜 일이 있으면 자기 일처럼 기뻐해주는 친구. 가까운 거리에 있으면서도 서로 자주 만나지 못해서 전화로만 이야기하는 친구를 오늘 큰맘 먹고 만나러 나섰습니다.

아침 일찍부터 설레는 마음으로 부산을 떨어봅니다. 친구도 오랜만에 나를 만난다며 집안 청소를 한다고 난리랍니다. 그 친구도 오랜 투병생활로 몸이 자유롭지 않아서 자주 만나지 못하니 설레는 마음은 그 친구도 마찬가지인가 봅니다.

전에 갔던 길을 기억으로 더듬어 가다보니 공사 중이라 길이 막혀 있어서 이리저리 헤매다가 겨우 찾아갔습니다.

친구는 도착할 시간이 지나서도 오질 않으니 아파서 중간에 고생하는 건 아닌지, 걱정했다면서 환한 미소로 맞아줍니다. 가끔 친구가 심하게 아프다는 말을 들으면 걱정이 됩니다.

오래 같이 살아서 서로 보듬어줘야 하는데 먼저 죽으면 어쩌나……. 그 친구도 저와 같은 생각을 한다고 합니다.

함석헌 선생님의 시구가 생각납니다. "만리길 나서는 길/처자를 내맡기며 맘놓고 갈만한 사람/그 사람을 그대는 가졌는가/온 세상이 다 나를 버려/마음이 외로울 때에도/'저 맘이야' 하고 믿어지는/그 사람을 그대는 가졌는가"로 이어지는 감동적인 시. 그런 친구 하나만 있어도 그 인생은 성공한 인생이라고 생각됩니다. 여럿 있다면야 더할 나위 없이 좋겠지만 하나라도 있다는 건 참 행운입니다. 돈 있고, 명예 있고, 건강하고, 뭔가 유익이 있을 때는 친구가 많아 보입니다만, 건강 잃고 돈 잃고 명예도 잃으면 친구인 양 헤헤거리던 사람들은 다 떨어져나가고 진짜만 남습니다. 그때 참 친구가 보입니다. 내 초라한 모습까지도 편견 없이 받아들여주는 친구를 가져서 참 행복하다는 생각을 하면서 즐거운 시간을 보내고 돌아왔습니다.

허리가 아파서 쩔쩔매고 있으니 찜질용 핫팩을 선뜻 싸주며 가져가라 합니다. 친구의 사랑을 듬뿍 받아들고 돌아오니 아픈 것도 덜한 것 같습니다.

오 선생님께서 주신 메일처럼 오늘만 같은 컨디션이면 저도 좋겠습니다. 사노라면 언젠가는 좋은 날이 오겠지요……. 가로수들이 고운 단풍이 들어가더군요. 며칠 후에 떠날 단풍여행이 많이 기대됩니다. 고운 단풍 사진 많이 찍어올게요. ^^

120 18,750원의 행복

작은 것이 기쁨을 배가시킬 때도 있다. 예상하지 못했던 일이 대부분이다. 또 대수롭지 않게 여기고 있는 경우가 많다. 금전적으로 이득이 생기면 "횡재했다"고 좋아한다. 횡재수를 가장 좋아하는 이유이기도 하다. 이 세상에 돈 싫어할 사람은 없다. 액수가 많든, 적든 기쁨을 안겨준다.

출판사 측에서 이메일을 보내왔다. 무슨 소식인가 하고 열어 보았다. 첫 에세이집인 『남자의 속마음』에 대한 전자책 인세로 18,750원을 준다는 내용이었다. 사실 전자책에 대해서는 말만 들었지 별로 관심이 없었다. 그런데 인세를 챙겨준다니 고마울 수밖에……. 액수를 떠나 자랑하고 싶었다. 그날 저녁 집에 돌아와 아내에게 말했다.

"오늘 라면 값을 벌었어."

아내는 코웃음을 쳤다.

"2009년 하반기부터 전자책에 대한 인식이 높아지면서, 매출이 상승하고 있는 상황입니다. 이에, ㈜북이십일은 전자책 매출 증가를 위해 노력하고 있으며, 저자 선생님들께 좀 더 세부적인 인세보고를 위해 전산화를 준비 중입니다. 2011년부터는 현재 받으시는 인세보고서처럼, 전산화된 자료로 받아보실 수 있습니다."

출판 당시 인세는 필요 없으니 책 3권만 달라고 주장했던 나다. 금상첨화 격으로 전자북 인세까지 받게 됐다. 정말 행복하다.

121 세대교체를 생각한다

요즘 세상은 누가 지배할까. 서양은 철저히 능력 위주로 사람을 뽑는다. 나이를 그다지 따지지 않는다는 얘기다. 대통령과 총리 가운데 40대도 있다. 미국 대통령과 영국 총리가 바로 40대다. 유권자인 국민은 그들의 능력과 비전을 보고 나라를 맡겼다. 젊은 지도자를 선택할 경우 국가 또한 젊어지는 느낌을 받는다. 실제로 미국과 영국은 활기를 띠고 있는 것 같다.

동양은 장유유서를 중시한다. 우리나라를 비롯 중국, 일본이 유사하다. 그래서 40대 장관도 드물었다. 40대 대통령과 총리는 거의 생각조차 하지 못했다. 경륜이 부족하다는 게 주요 이유다. 그러다 보니 국민들도 이를 당연시 여겼다. 그러나 이제 세상이 바뀌었다. 40대가 사회의 주역으로 등장하고 있다. 50~60대가 보면 애같이 보일지 몰라도 인정할 것은 받아들여야 한다. 더 이상 나이가 기준이 돼서는 안 된다는 얘기다.

우리나라도 잠시 40대 총리 탄생이 초읽기에 들어갔었다. 언론은 39년만이라고 흥분했다. 거의 반세기만에 획기적 세대교체를 이룬 셈이어서 더욱 그랬다. 그러나 세대교체는 불발에 그쳤다. 후보자가 총리를 맡기에는 너무 흠이 많았다. 자기관리에 실패한 까닭이다. 우리에게 세대교체는 요원한 것일까.

122 아이고, 내 팔자야

자기 복은 스스로 타고난다고 한다. 성과를 이뤄낸 사람들이 곧잘 하는 말이다. 낙담할 필요가 없다는 얘기이기도 하다. 신세타령을 할 때 운명과 팔자 얘기를 많이 한다.

"왜 나는 지지리 복이 없을까. 무슨 팔자를 타고 나왔길래 이런 고생을 한담. 누구네는 하는 일마다 잘 되는데."

주로 아낙네들이 넋두리를 늘어놓는다. 팍팍한 세상에 살기가 힘들어서다. 한탄이라도 해야 직성이 풀린다면 구태여 말릴 필요까진 없다.

운명과 팔자를 입에 달고 사는 사람들이 적지 않다. 말끝마다 튀어나온다.

"아이고, 내 팔자야."

"운명을 바꿀 수만 있으면 바꾸고 싶어."

두 단어는 부정적 의미로 더 많이 쓰인다. 좋은 일보다 나쁜 일이 예견되기 때문이다. 그래서 심정적으로 이해가 간다. 오죽했으면 운명까지 바꾸고 싶을까.

사람 팔자는 모른다고 한다. 봉오리가 터져 꽃망울을 터뜨리듯 인생도 한순간에 꽃피울 수 있다. 그러기 위해선 좌절을 딛고 일어서야 한다. 또 낙담해선 안 된다. "난 할 수 있다"는 자신감을 갖고 부딪쳐야 한다. 그런데 시도해보지도 않고 중도에 포기하는 부류가 많다. 이런 사람들은 영원히 일어설 수 없다. 그것이 인생의 진리다.

123 철학원에 가다

　　힘들 때 찾아가는 곳이 있다. 절, 교회, 성당 등 종교시설을 주로 찾는다. 마음을 달래기 위해서다. 자기의 바람을 간절히 빈다. 설령 그 바람이 이뤄지지 않더라도 기분은 홀가분해진다. 인간이 신에 의지하는 이유이기도 하다. 사람에겐 나약한 측면이 있다. 아무리 의지가 강한 사람도 무언가에 기대고 싶어 한다.

　　철학원도 많이 찾는다. 이른바 점집이다. 일이 잘 풀리지 않으니까 궁금증에 찾아간다. 그렇다고 뾰족한 방법이 있을까. 점괘로 남의 운명을 푼다고 하지만, 무슨 근거가 있는 것은 아니다. 음양오행설 등 나름의 이론은 있다. 100퍼센트 믿는 사람들도 있는데, 이는 어리석은 짓이다. 점은 점일 뿐이다.

　　생전 처음 점집을 찾았다. 아내를 따라간 것이다.

　　"대학 나온 사람이 그런 것을 믿으면 되겠어."

　　이처럼 아내를 놀리곤 했다. 60대 장님이 점을 봤다. 식구별로 인적사항을 물은 뒤 얘기를 했다. 아주 딴소리는 하지 않았다. 과거도 그럴 듯하게 맞췄다. 앞으로의 일 역시 이런 저런 당부와 예상을 했다. 내가 생각하고 있는 바도 꿰뚫어 보고 있는 것 같았다. 그래서 이 세상에 공짜가 없다고 했나. 어쨌든 기분은 나쁘지 않았다.

　　"여기 오길 잘했지."

　　아내가 피식 웃는다. 나도 나이를 먹는 탓일까.

124 천재지변을 겪을 줄이야

물, 불, 바람의 피해가 심상찮다. 기상이변으로 천재지변이 속출하고 있는 것이다. 미리 대비해도 어찌할 도리가 없다. 피해만 조금 줄일 수 있을 뿐이다. 지구 온난화가 가장 큰 원인으로 꼽히고 있다. 지구는 더욱더 더워질 것이고, 기상이변도 잦을 것으로 예상한다. 전 세계적으로 이런저런 회의도 하고, 대책을 강구하고 있지만 해답이 될 수 없다.

2010년 9월 2일 새벽, 태풍 '곤파스'가 우리나라를 할퀴고 지나갔다. 이번 태풍으로 수도 서울이 흔들렸다. 큰 가로수가 뿌리째 뽑히고, 기왓장까지 날아다닐 정도였다. 비보다는 바람의 피해가 훨씬 컸다. 서울 시내는 오전 한때 거의 마비되다시피 했다. 전철이 끊기고, 정전소동도 잇따랐다.

우리집도 직격탄을 맞았다. 새벽 5시 50분쯤 거센 바람 소리에 눈을 떴다. 문을 열고 거실로 나오는 순간 베란다 유리창이 깨지면서 화분도 박살났다. 거실 바닥은 유리조각과 흙으로 난장판이 됐다. 서둘러 아내를 깨웠다. 아내는 망연자실했다. 우리는 도저히 손을 쓸 수 없었다. 바람이 그치기만을 기다렸다.

"사람 다치지 않은 것만으로도 다행으로 여기자."

아내도 고개를 끄덕였다. 천재지변을 내가 겪다니……. 이 세상에 예외는 없는 법이다.

125 향학열

배움에는 끝이 없다고 한다. 아무리 배워도 채워지지 않는다는 얘기일 터. 그래서 사람은 죽을 때까지 배운다. 배움에는 비단 학문만 있는 것이 아니다. 보고 듣는 게 모두 배움이다. 물론 책을 통해 가장 많이 익힌다. 체계적이고 논리적 학습이 가능하기 때문이다. 책을 놓지 말라는 얘기와 일맥상통한다.

만학도들이 적지 않다. 60~70에 중·고등과정을 이수하는 노인들이 있다. 배움의 꿈을 이루기 위해서다. 손자, 손녀뻘 되는 아이들과 학업을 같이한다. 힘이 들지만, 보람을 느낀단다. 즐거운 노년을 보낸다 하겠다. 학이시습지불역열호(學而時習之不亦說乎)라. 배우고 때때로 익히면 또한 기쁘지 아니한가. 배움의 즐거움을 설파한 논어의 글귀다.

아내는 전업주부다. 그럼에도 학구열이 강한 편이다. 지금까지 영어사전을 펼쳐놓고 단어를 외운다. "공부하면 돈이 나오냐"고 가끔씩 핀잔을 준다. 공부하는 자체로 재미있단다. 그러니 말릴 수도 없다. 얼마 전부터 시내 일어학원에 다니고 있다. 초급과정부터 배운다. "새로 시작하려면 스트레스를 받지 않겠느냐"고 물어봤다. 대답은 똑같다.

"재미있어요."

나는 솔직히 공부를 싫어한다. 더러 아내가 부러울 때도 있다.

126 노익장

노인이라는 말이 모호해졌다. 몇 세부터 노인이라고 해야 할까. 옛날에는 쉰만 넘어도 노인이라고 불렀다. 또 대접을 받았다. 당사자들 역시 어른 행세를 했다. 지금은 어떤가. 쉰은 청년이다. 동안이 많아 나이를 짐작하기 어렵다. 50대 중반인데도 40대 초중반으로 보이는 사람들이 적지 않다. 참 좋은 세상이다.

그런데 명퇴라는 걸림돌이 인생을 딱 가로막고 있다. 한참 일할 수 있지만 회사를 나가란다. 나이는 숫자에 불과하다면서도 기준이 된다. 울며 겨자 먹기로 삶의 터전을 떠난다. 요즘은 출생년도를 기점으로 한다. 1955년생, 1957년생 하는 식이다. 베이비붐 세대가 대상이 된 것이다. 임원으로 승진하지 못하는 한 현장을 떠날 수밖에 없다. 서글픈 현실이다.

대형 출판사 임원으로 있다가 창업한 지인을 만났다. 한 살이라도 젊을 때 기반을 다져야겠다는 생각에서 회사를 그만뒀단다. 그러면서 현역 활동 중인 99세 노변호사 얘기를 꺼냈다. 현재 원주에서 개업 중이라고 했다. 월요일 아침 며느리가 모셔다 드리고, 금요일 오후에 다시 서울로 모셔온다는 것. 얼마나 아름다운 황혼인가. 노익장을 과시한다고 할 만하다.

127 근황

자기의 현재 위치에 대해 얼마나 만족할까. 정확한 통계치는 없는 것 같다. 각자 위치가 다른데다 지극히 주관적이기 때문이다. 분명한 답은 있다. 100퍼센트 만족해하는 사람이 없다는 것. 현대인 모두가 겪거나, 겪을 수밖에 없는 일이다. 미래가 불투명한 탓도 있다. 불확실성의 시대에 살고 있어 숙명으로 여겨야 한다.

"근황이 어떠합니까?"

자주 듣는 질문이다. 상대방의 처지가 별로 좋지 않다고 판단될 때 던진다. 따라서 듣는 이의 입장에서도 달갑지 않다. 답변도 퉁명스럽게 나오기 마련이다.

"그냥 그럭저럭 잘 지냅니다."

불만이 배어있는 느낌이 든다. 뒤늦게 물어보지 말걸 후회하곤 한다. 이처럼 말이라는 게 '어' 다르고, '아' 다르다.

모처럼 지방의 후배에게서 전화가 왔다.

"또 책을 내셨데요."

반가운 말투였다.

"어떻게 알았느냐"고 물어봤다. 전문지에서 봤다고 했다. 후배는 내가 사내 게시판에 올린 글을 보지 못했단다. 그러면서 "선배 근황을 다른 신문을 보고서 압니다"라고 다소 불만 섞인 감정을 토로했다. 회사 홈페이지가 사원에게 외면받는 것은 문

제다. 회사가 사원을 아끼지 않는 탓도 있을 게다. 전화를 끊고
나서도 왠지 씁쓸했다.

128 언제 책 썼어?

2010년 3월 『삶이 행복한 이유』라는 두 번째 에세이집을 냈다. 2009년 9월 첫 에세이집 『남자의 속마음』을 낸 지 6개월 만에 출간한 것. 책을 내는 것이 좀처럼 쉬운 일이 아니어서 자주 질문을 받는다. 그때마다 똑같은 대답을 한다.

"주로 새벽 4~6시쯤 씁니다."

이에 고개를 갸웃한다. 대부분 취침시간이기 때문이다.

거의 매일 새벽 3시 반을 전후해 일어난다. 눈을 뜨자마자 거실로 나간다. 담요를 깔아놓고 108배를 시작한다. 정신이 맑아진다. 잡념도 사라진다. 그 순간만큼은 마음도 정결하다. 절을 마친 뒤 냉수를 한 잔 마신다. 그 맛은 해본 사람만 안다. 이어 커피를 타서 아들 방으로 간다. 컴퓨터 앞에 앉아 자판을 두드린다.

아들녀석이 2009년 4월 군에 입대한 뒤부터 일과가 됐다. 상쾌한 기분으로 시작하니 하루가 그렇게 즐거울 수가 없다. 글의 소재도 잘 떠오른다. 순식간에 써내려가는 때도 있다. 보통 짧은 에세이 1~2편을 쓴다. 더 쓸 수 있는데도 내일을 위해 아껴둔다. 이렇게 해서 책을 두 권 냈다. 녀석과 한 약속이 있다.

"아빠는 네가 제대할 때까지 책을 세 권 낼 계획이다."

지금 쓰고 있는 이 글도 3권에 포함될 터. 그러니 기쁘지 아니하겠는가. 내일이 기다려지는 이유이기도 하다.

129 자동차 수명

각양각색의 차들이 거리를 누빈다. 국산차뿐만 아니라 외제차도 많이 들어와 전시장을 방불케 한다. 우리나라가 자동차 대국임을 느낄 수 있다. 국산차도 종류가 많아져 이름을 다 외울 수 없을 정도다. 불과 10년 사이에 몇 배는 늘어난 듯하다. 연령과 취향별로 다양한 선택을 할 수 있다. 소비자에겐 또 다른 기쁨이 아니겠는가.

차는 이제 생필품이 됐다. 더 이상 사치품은 아니다. 그런 만큼 경제사정 등 제반 여건을 고려해 구입하는 것이 좋다. 남에게 보여주기 위한 과시용은 안 될 말이다.

"○벤츠, ○볼보, ○렉서스……."

성씨에 차종을 붙여 말한다. 단칸방에 살면서도 큰 차를 굴리는 사람들을 빗대 놀리는 것을 보았다. 분수를 모르는 사람들이 적지 않단다.

보통 차량을 산 뒤 얼마 만에 교체할까. 평균 5년이 안 될 듯싶다. 고장이 나지 않고 멀쩡한데도 바꾼다. 누군들 새차를 타고 싶지 않겠는가. '자동차 10년 타기'는 구호에 그치고 있다. 나도 2010년 4월 새차로 바꿨다. 첫 차는 만 8년, 두 번째 차는 10년을 탔다. 이번에 구입한 차는 15년쯤 탈 계획이다. 자동차 수명도 인간의 그것만큼 늘어날 게 분명하다.

130 돈

인간의 욕심은 끝이 없다. 특히 재물욕은 부자지간, 형제지간의 정도 갈라놓는다. 아버지와 아들 사이에 소송도 불사한다. 이런 집안의 경우 형제간 소송은 말할 것도 없다. '콩가루 집안'이라고 손가락질받아도 아랑곳하지 않는다. 돈이 뭐길래. 있는 사람, 가진 자가 더하다. 더 많이 갖고 싶기 때문이다.

남을 도와주는 게 쉽지 않다. 현찰을 주는 것은 더더욱 어렵다. 술을 사고, 밥을 사는 것은 다반사로 한다. 그런데 돈을 달라고 손을 벌리면 바로 등을 돌린다. 그것이 인간지사다. 그렇다면 어떻게 해야 할까. 가까운 사이일수록 돈 거래를 하지 말아야 한다. 그냥 주든지, 한 번 서운하더라도 딱 끊는 게 좋다. 그렇지 않으면 돈과 사람을 동시에 잃을 수 있다.

아내에게도 가끔 말한다.

"절대로 남의 재물을 탐내지 마라. 더욱이 공것을 바라도 안 된다."

형제가 잘살면 은근히 기대하는 경향이 있다.

"혹시 도와주지 않을까. 나 같으면 보태줄 텐데."

입장이 바뀌면 달라질 수 있는데도 자기 위주로 생각한다. 모든 사람들이 똑같다. 아무런 조건 없이 돈을 건네기란 정말 어렵다. 익명의 독지가들이 그들이다. 재벌도 아니다. 그런 사람들이 있기에 세상은 살맛 난다.

131 출판기념회

출판기념회는 서너 가지 종류가 있다. 제일 흔한 것이 정치인의 그것. 선거철만 되면 우후죽순처럼 연다. 마치 밀물처럼 들어왔다가 썰물처럼 빠져나간다. 그들의 목적은 얼굴 알리기에 있다. 선거비용을 마련하려는 심산도 아주 없진 않다. 정치인들끼리는 품앗이 개념으로 얼굴을 내민다.

가장 보기 좋은 것은 노교수에게 드리는 논문증정집. 정년까지 후학을 지도한 뒤 강단을 떠나며 받는다. 제자들이 스승의 학문적 업적을 기리는 한편 정성도 듬뿍 담는다. 화려하진 않더라도 사제지간의 정을 느낄 수 있다. 그러나 논문증정도 점점 줄어드는 것 같아 안타까울 따름이다. 디지털 시대 탓을 해야 할까.

나도 2010년 4월 15일 출판기념회를 했다. 작가(?)로서 제2의 인생을 열기 위해 지인들과 조촐한 자리를 가졌다. 2009년 9월 첫 에세이집을 낸 뒤 두 번째 에세이집을 출간하면서 작가의 길을 선언했던 것이다. 그런데 아직도 작가라는 호칭이 어색하다. 20여 년 기자생활을 해왔으니, 그럴 만도 하지 않겠는가. 많은 분들이 오셔서 격려를 해주었다. 뜨거운 박수도 받았다.

"인기에 연연하지 않고 묵묵히 글을 쓰련다."

기념식을 마친 뒤 아내와 함께 집에 들어오면서 혼자 다짐해 봤다.

132 감투

우리나라 사람들은 특히 외양을 중시한다. 남에게 그럴 듯하게 보여주기 위해서다. 자신을 과대포장하고 한껏 폼을 잡는다. 그래서 자리에 집착하는 경향이 있다. "자리가 사람을 말해준다"라는 속담도 있다. 누구든 그 자리에 오르면 다른 사람으로 보인다. 수단과 방법을 가리지 않고 자리를 탐내는 이유다.

조상들도 감투를 좋아했다. 매관매직도 서슴지 않았다. 상놈이 양반이 된다는데 마다할 리 없었다. 그러는 동안 탐관오리가 생기고, 나라는 썩어갔다. 근래 들어서도 없어지지 않았다. 자리를 차지하기 위해 이 눈치, 저 눈치를 살핀다. 스스로 줄을 찾아 이곳저곳 기웃거린다. 철새 정치인만 있는 것이 아니다. 철새 인생도 적지 않다.

감투를 싫어할 사람은 없다. 좋아하지 않는다고 하면 거짓이다. 그렇더라도 탐하지는 말라. 자리에 욕심을 내면 구차해진다. 최선을 다하되 대천명하는 것이 상책이다. 그러면 적도 생기지 않는다. 남의 자리를 뺏으려고 하니까 다툼이 생긴다. 이를 '감투싸움'이라고 한다. 나는 어떨까. 크게 다르지는 않다. 다만 남보다 욕심이 훨씬 덜하다고 하면 맞을 것이다. 아직 '무욕(無慾)'의 단계에 이르지는 못했기 때문이다.

직장인에게 가장 큰 부담은 뭘까. 두말할 나위 없이 경조비다. 한 달 용돈의 절반 이상을 차지한다. 그러니 짐이 될 수밖에 없다. 모르는 채 할 수도 없는 게 그것이다. 경조사를 제대로 챙기지 못할 경우 죄인이 된 기분이다. 품앗이 성격도 강한 만큼 성의를 표시하는 것이 마땅하다. 큰일을 당했을 때 금방 드러난다. 자기가 한 대로 돌아온다. 따라서 서운해해서도 안 된다.

경조비는 분수에 맞게 하면 된다. 지나침은 부족함만 못하다. 그것 또한 인플레되는 듯하다. 액수가 점점 커지고 있는 것이다. 월급쟁이에게는 반갑지 않은 소식이다. 남을 따라하다가는 큰코 다친다. 받는 사람 역시 주는 쪽의 성의를 먼저 생각해야 한다. 많고 적음을 따져 사람을 차별해서는 안 될 일이다.

애경사를 최대한 챙기는 편이다. 청첩장도 많이 날아오지만, 부음란을 읽고 상갓집을 들른다. 아내는 뭐 그럴 필요까지 있느냐고 하지만 내 나름의 생각이 있어서다. 오랜만에 지인들을 한자리에서 볼 수도 있다. 관계가 점점 소홀해져가는 오늘날이기에 여럿이 만날 수 있으면 좋지 않은가. 나도 주머니 사정이 넉넉한 것은 아니다. 다른 데 덜 쓰고, 찾아다니면 서로가 좋다. 아름다운 세상은 이렇게 만들어진다.

134 또 다른 모습

　　사람을 겉만 봐선 잘 모른다. 그렇다고 속마음을 들여다볼 수도 없다. 때문에 선입견을 갖는 것은 나쁘다. 그런데도 남의 말을 듣고 사람을 평가한다. 지극히 주관적일 수밖에 없다. 도마 위에 오른 입장에선 앉아서 당하는 꼴이다. 이 같은 일이 빈번하게 일어난다. 주도적으로 바람 잡는 사람들도 있다. 기회주의적 성격이 강한 이들이다.

　　20년 이상 알고 지내는 고교 선배와 점심을 함께했다. 대기업 사장으로 있는 분이다. 관료 출신으로 치밀한 성격의 소유자다. 그가 기업의 최고경영자를 맡은 이후 변화가 일어났다. 우선 비용절감에 나선 것이다. 해외 출장 때 호텔 방의 규모를 줄이고, 국내선도 이코노미 클래스를 이용했다. 전기 절약에도 나서 불 끄기를 선도했다. 직원들 사이에는 '짠돌이'로 통했다.

　　반드시 쓸 곳에 쓴다는 것이 그의 지론이다. 한 일화를 들려줬다. 전 직원들에게 지급할 체육복을 업그레이드 시켜줬다고 한다. 외출복으로 입을 수 있도록 유명 메이커를 골라 줬다. 창사 10주년 기념품으론 디지털카메라를 선물했다. 직원들은 놀랄 수밖에 없었다. 여태까지 겪었던 사장과는 다른 행태로 보였던 것. 그렇다. 사람은 겪어봐야 안다. 예단을 하지 말자.

135 사위는 내 식구

사위 사랑은 장모라고 했다. 하지만 장인은 같은 남자로서 약간의 거리감이 있다. 권위주의적인 장인의 경우 사위와 밥상도 같이 안 한다. 격이 다르다는 이유에서다. 요즘도 그런 사람이 있다고 하니 기가 찰 노릇이다. 그러나 핵가족 시대를 맞아 구분이 없어졌다. 장인·장모도 아버님·어머니로 부른다. 물론 시댁인 본가에서 싫어하는 눈치를 아주 안 보이는 것은 아니다.

형님 내외분이 사위를 맞았다. 원래 형님 댁은 조용했는데 사위가 들어온 후 집안 분위기가 바뀌었다. 웃음꽃이 끊이지 않는다. 애교 만점 덩어리다. 아들보다 더 자상하게 아버님, 어머님 하고 따른다. 예뻐 보일 수밖에 없다. 말수가 적던 형수님도 사위 자랑에 적극적이다. 형님 역시 사위를 친자식처럼 챙긴다.

충청도 조그마한 도시에서 조카딸의 결혼식을 치렀다. 조카사위의 고향이 그곳이어서 모두 내려갔다. 도회지처럼 화려하진 않았지만 하객의 축복 속에 백년가약을 맺었다. 사돈 어르신과 처음 인사를 나눴다. 두 분 모두 인상이 좋았다. 조카딸을 친딸 이상으로 아껴줄 것 같은 예감이 들었다. 바깥사돈에게 덕담을 건넸다.

"언제 소주 한잔 하시죠."

사돈은 약주를 좋아하신다고 했다. 조카딸로 맺은 인연, 이웃처럼 지내고 싶다.

136 어항

어릴 때 그곳에 가면 신기했다. 통통배가 있었고, 얼음을 실어 나르는 인부들이 있었다. 바닷가는 언제나 그렇듯 사람들로 북적거렸다. 분명 지명이 있는데도 어항이라고 불렀다. 지금 생각하니 항구라는 뜻이었다. 얼마 전까지도 어항을 고유지명으로 생각했다. 어항의 실제 이름은 대천항이다.

초등학교 때 가보았으니 40년가량 된 것 같다. 너무 변해 있었다. 대천 해수욕장 바로 이웃에 있는데도 들르지 않았다. 신식 건물이 즐비했다. 수련원도 여기저기 눈에 띄었고, 숙박시설도 꽤 많았다. 해수욕장보다 오히려 개발이 더 된 듯하다. 널따란 주차장에 차를 세우고 시장 안으로 들어갔다.

생선 비린내가 코끝을 자극한다. 그러나 싫지 않았다. 갓 잡아 올린 물고기들이 퍼덕댔다. 살아남기 위해 몸부림치는 것 같았다. 인간은 좀 잔인하다. 그런 물고기를 상에 올려 식도락을 즐긴다. 우리 일행도 생선회와 매운탕을 맛있게 먹었다. 시장을 더 둘러봤다. 상인들이 앞을 가로막고 소매를 끈다. 꽃게와 조기를 샀다. 내가 좋아하는 생선이다. 엿장수와 군밤장수도 있었다. 사 먹고 싶어도 배가 불러 다음으로 미뤘다. 할머니 손을 잡고 갔던 그곳, 정취는 그대로 살아 있었다.

137 고부간

　　시어머니와 며느리의 사이. 무엇이 제일 먼저 생각날까. 갈등이다. 예로부터 그랬다. 둘 다 여자여서 관계가 좋겠거니 생각하면 오산이다. 이를 시집살이에 비유하기도 한다. 며느리가 시집에서 살림하려면 눈치를 많이 보아야 한다. 그중에서도 시어머니는 최고의 상전이다. 조금이라도 소홀하면 불호령이 떨어진다.

　　며느리가 시어머니와 함께 살면 효부다. 잘하든, 못하든 탓하면 안 된다. 으레 모시지 않은 사람들이 군말을 하기 마련이다. 직접 모셔가라고 하면 딴청을 한다. 며느리든, 시어머니든 어느 한쪽을 편들어도 곤란하다. 그런 경우 사이를 더 벌려놓게 된다. 양쪽을 아우르는 것이 상책이다.

　　시어머니와 며느리 사이를 좋게 하는 방법은 없을까. 서로 조금씩 양보하면 된다. 한 후배가 걱정을 했다. 팔순이 넘은 노모와 큰형수의 사이가 좋지 않단다. 급기야 큰형수가 병원에 고의로 입원하는 무력시위(?)까지 벌였다고 한다. 자초지종을 들어보니 원인은 시어머니에게 있었다. 그렇다고 어머니를 나무랄 수도 없는 일. 어머니는 고집이 세고 막무가내형이란다. 아들, 며느리가 돌볼 수밖에 없다. 어머니는 머지않아 가신다. 돌아가신 다음에는 후회만 남는다. 살아생전에 잘해드리자.

138 어느 음악도의 평론

뜻밖의 일로 기쁨을 얻을 때가 있다. 그럴 땐 기쁨이 배가 된다. 소식이 끊겼던 친구에게서 연락이 오는 경우 등이다. 살면서 한두 번은 겪게 된다. 인연의 연장선에서 볼 수 있다. 한 번도 보지 못한 이가 선물을 보내왔다. 이번이 두 번째다. 첫 번째도 그랬고, 두 번째도 형식은 똑같았다. 편지 형식의 독후감이었다.

그는 음악도다. 어릴 적 어머님을 여의고 누나 밑에서 컸단다. 국내 최고의 음대를 나왔다. 외국 유학까지 다녀온 전도양양한 청년이다. 내가 직접 알지는 못한다. 아내와 아는 사이로 전화통화는 한 번 한 적이 있다. 매우 겸손했다. 책을 읽지 않는다고 실토했다. 그런 그가 7장 분량의 독후감을 또 보내왔으니 감동 그 자체다. 정성이 듬뿍 담겨 있어 혼자 보기 아까울 정도다.

글을 쓴 나보다 더 분석적이었다. 독후감을 쓰려고 책을 무려 세 번이나 독파했단다. 그냥 본 것이 아니었다. 아주 꼼꼼히 읽은 흔적이 묻어났다. 내가 의도하는 바를 정확히 꿰고 있었다. 그래서 말했다.

"님은 평론가 이상입니다. 저에게 가장 큰 선물을 주었습니다. 감사합니다."

상대방이 말을 받았다.

"선생님에게 감사를 드려야 할 것 같아요. 잊고 있었던 것을 생각나게 합니다.”
　그 청년과의 만남을 생각하니 가슴이 뛴다.

139 친구의 죽음

아홉수 얘기를 많이 한다. 아홉 되는 해를 조심하라는 얘기다. 특히 남자 나이에 이 수가 들면 꺼린다. 마흔 아홉, 쉰아홉을 조심해야 한다. 두 고비만 넘기면 장수할 수도 있다. 실제로 아홉수를 못 넘기고 죽는 경우를 가끔 본다. 마흔아홉은 인생의 절정기다. 가정에서나, 직장에서나 어깨가 무겁다. 일에 치여 건강을 해치기도 한다. 하지만 건강을 과신하는 경향이 있다. 중병을 선고받은 다음 후회해봐야 소용없다. 쉰아홉은 은퇴 시기. 무엇보다 스트레스를 줄여야 한다.

남자들은 앞만 보고 뛴다. 건강은 뒷전이다. 아내가 잔소리를 할 필요가 있다. 술을 적게 마시게 하고, 운동을 하도록 채근해야 한다. 그러면 마지못해 흉내라도 낸다. 운동엔 중독성이 있다. 자기도 모르는 사이에 등산하거나 걷기를 생활화한다.

친구에게서 급한 전화 목소리가 들렸다. 조금 불길한 예감이 들었다. 아니나 다를까. 한 친구의 죽음을 알려왔다. 심장마비로 돌연사했다는 것. 가족도 없었다고 한다. 그 친구의 아내는 외국 여행 중이었단다. 곁에 누가 있으면 목숨을 건질 가능성이 아주 없진 않다. 애석하기 짝이 없다. 전화를 걸어온 친구가 얘기했다.

"우리 오래 살자."

날씨만큼이나 우울한 하루였다.

겸손은 아무리 강조해도 지나치지 않다. 대인관계에 있어 최대의 무기랄 수 있다. 자세를 낮추고 고개를 숙이는 데 나무랄 사람은 없다. 모든 것을 갖춘 사람일수록 자세가 바르다. 겸손도 몸에 배어있어 자연스럽다. 그러나 가식적인 사람은 금방 눈에 띈다. 아무리 낮은 자세를 취해도 진정성을 발견할 수 없기 때문이다.

자기 자신을 비하하고, 학대하는 사람들이 있다. 이를 자학(自虐)이라고 한다. 스스로 몸을 해치기도 한다. 머리를 벽에 부딪치거나 일부러 상처를 낸다. 그렇게라도 해야 직성이 풀린단다. 얼마나 미련한 짓인가. 우리의 신체는 신성한 것이다. 부모로부터 물려받은 만큼 잘 보전해야 한다.

의욕을 상실하면 자포자기 상태에 빠진다. 이때 비참함을 맛본다. 극한 행동으로까지 이어질 수 있다. 어떻게 하면 이 같은 위기상황을 벗어날 수 있을까. 우선 욕심을 버리고, 마음을 비워야 한다. 백지 상태에서 다시 시작한다는 각오를 가지고 출발하면 된다. 처음부터 한 계단씩 밟아 올라갈 경우 목표에 도달할 수 있다. 서둘러서도 안 된다. 초조하면 일을 그르치기 쉽다. 눈물도 남 모르게 흘려야 한다. 그래야 결실을 거둔다. 삶에 있어 '자학'이라는 단어를 지워버려라.

141 고집불통

어떤 사람이 성공할까. 두루 평이 좋아야 된다. 흔히 융통성이 있다고 말한다. 반면 융통성이라곤 전혀 찾아볼 수 없는 사람도 있다. 이를 외고집이라고 한다. 어쨌든 우리말에서 고집은 좋은 의미보다 나쁜 의미로 더 많이 쓰인다. 따라서 고집이 세다는 말은 가급적 듣지 않는 편이 낫다.

"고집이 아주 세서 모시기가 참 어려웠어요. 여러 차례 말씀을 드려도 소용이 없었습니다. 본인도 고집이 세다는 것을 잘 알고 있었어요."

차관 한 분에다 장관을 세 분째 모시고 있는 한 비서관의 전직 관료 평이다. 그는 고집 때문에 찾아오는 사람도 없었다고 한다. 외부 인사의 청을 100퍼센트 거절했다는 것. 공직자로서 자세는 맞다. 그러나 사람 사는 세상에 원칙만 강조하다 보면 메말라서 못 산다. 융통성을 발휘할 필요가 있다는 얘기다.

그렇다고 고집이 아주 나쁜 것만은 아니다. 소신을 끝까지 굽히지 말아야 할 때가 있다. 옳다고 생각하면 목구멍에 칼이 들어와도 주장해야 한다. 그렇게 하는 것이 남자다. 이런 경우 고집불통이라고 해도 좋다. 나중에 평가받게 되어 있다. 단, 일생에 한두 번은 고집을 세워야 한다. 자주 그러면 실없는 사람이라는 비난을 면치 못한다.

142 배달사고

언론을 통해 종종 배달사고를 본다. 인사치레를 한다면서 사례금을 요구한 뒤 중간에 슬쩍하는 것이다. 견물생심이랄까. 준 사람은 전달된 것으로 알고 기대를 한다. 그러나 며칠을 기다려도 아무런 연락이 없다. 대개 고맙다는 인사를 해 온다. 이런 경우 목적지까지 가지 않고 배달사고가 난 것이다.

바쁘게 살다 보니 애경사를 일일이 챙길 수는 없다. 직접 가지 못하면 인편을 통해 전달하게 된다. 보통 갈 수 있는 사람에게 온라인으로 송금한다. 나중에 준다며 봉투를 부탁하는 것은 결례다. 가급적 미리 송금하는 것이 좋다. 적은 돈은 달라고 하기가 민망하다. 이런 일이 없도록 서로 배려해야 한다.

시골에 계신 스님에게서 집으로 연락이 왔다. 고민 끝에 전화를 걸었단다. 인재 아버지 출판기념회에 인편을 통해 성의를 표시했는데, 책을 받아보지 못했다는 것. 황당할 수밖에 없었을 터다. 그도 그럴 것이 출판기념회에 참석하면 책을 가져오는 게 당연지사다. 부탁을 받은 분은 기념식 참석을 알렸다고 한다. 나는 그분이 누군지도 모른다. 만났을 리도 없다. 스님에게 거짓말을 한 셈이다. 나 역시 황당했다. 어떤 사람인지 꼭 보고 싶다.

143 기피 부서

하기 좋은 일이 있는 반면, 싫은 일도 있다. 좋은 데는 사람이 몰리고, 싫은 곳은 거들떠보지도 않는다. 인지상정이다. 그러나 싫은 일도 누군가는 해야 한다. 궂은 일을 마다하지 않고 묵묵히 일하는 사람들이 있다. 존경받아 마땅하다. 하지만 그 수가 많지 않다는 데 문제의 심각성이 있다.

지방의 공보담당 공무원들과 자리를 함께했다. 하나둘씩 하소연을 했다. 보람을 느낀다고 밝힌 사람은 극소수에 불과했다. 기자들을 상대해야 하니 쉬운 일은 아닐 게다. 조그마한 군에 언론사가 40여 곳, 등록된 기자만 100명을 넘었다. 언론에 치여 일을 할 수 없다는 얘기가 나올 법하다. 기사를 위한 기사가 양산되고 있는 실정이다. 일일이 챙겨야 하는 공보 담당으로서는 여간 성가신 일이 아닐 수 없다.

시·군·구의 경우 공보담당이 기피 부서라고 했다. 공모를 해도 거의 지원자가 없다는 것. 별다른 메리트가 없기 때문이다. 그러나 중앙은 다르다. 장·차관 가운데 공보관을 거친 분이 많다. 요직으로 가는 코스인 셈이다. 지방의 한 분이 말했다.

"공보 담당 직원에게 인사상 특전을 줘야 합니다. 꼭 좀 보도 해주십시오."

공보의 중요성은 점점 커진다. 기피 부서가 돼선 안 될 일이다.

"경부고속도로 서울기점 119.6킬로미터에서 청주 IC로 접어들면 마치 환영이라도 하듯 도열해있는 5킬로미터의 시원한 플라타너스 가로수터널을 지나 시내에 들어서면 시가지를 아늑하게 감싸듯 솟아있는 우암산과 도심을 관통하여 휘감아 흐르는 무심천이 조화를 이루고 있는 유서 깊은 교육문화의 도시를 만나게 된다."

청주(淸州)를 소개하는 내용이다. 이름 그대로 맑고 깨끗한 이미지를 떠올린다. 30년 전 처음 갔을 때는 분명 그랬다. 시가지가 한적했고, 양반 도시답게 여유가 있었다. 당시에도 대학이 많아 젊은이들로 북적댔다. 10년이면 강산도 변한다고 했다. 세월 탓일까. 오늘의 청주는 나를 크게 실망시켰다.

중학교 친구가 상을 당해 청주엘 다녀왔다. 고속버스 편을 이용했다. 가로수터널은 예전 그대로였다. 도심으로 들어서니 변화상을 읽을 수 있었다. 고층 건물과 아파트도 제법 눈에 띄었다. 터미널에 이르는 순간 기분이 상했다. 이른바 러브호텔들이 밀집해 있었다. 눈을 어디에 둘지 모를 지경이었다. 네온사인까지 휘황찬란해 퇴폐 분위기를 더 풍겼다. 왜 이렇게 됐을까. 행정당국을 탓하지 않을 수 없다. 처음부터 숙박시설 구역으로 정하진 않았을 터. 때문인지 올라오면서도 뒷맛이 찜찜했다.

145 고문

　　은퇴 후 가장 좋은 잡(job)은 뭘까.

"고문 몇 군데 맡으면 품위 유지는 할 수 있어."

우스갯소리로 말한다. 그만큼 고문직이 인기 있다는 얘기다. 실제로도 그렇다. 사외 이사는 두 곳 이상 하지 못한다. 게다가 등기에 올라 책임에서 완전히 자유로울 수 없다. 반면 고문은 제한이 없다. 경영상 책임도 지지 않는다. 고문만 10여 곳 하는 인사도 있다. 월 보수 또한 적지 않다. 물론 전문성을 필요로 하기에 극히 제한적인 사람만 선호한다.

고문직도 정권의 영향을 받는다. 총리를 지낸 원로는 회고한다.

"정권이 바뀌니까 고문직도 할 수 없더군요. 한 군데씩 떨어져 나가더니 나중에는 한 곳도 남지 않았어요."

이게 세상이다. 야박하기 짝이 없다. 그러려니 해야 한다. 그래야 마음이 편하다. 야속하게 생각하면 자신이 더 비참해진다.

친구가 고문직을 맡게 됐다. 국내 최대의 로펌이다. 50대 초반인데도 마땅한 직함이 없어 고문직을 주더란다. 그는 나이에 비해 다양한 경험을 쌓았다. 전문성도 인정받는다. 그래도 고문은 아닌가 싶었다.

"새로운 고문상(像)을 정립해보게. 자네는 잘할 수 있을 거야."

축하의 말을 건넸다. 그는 상근직이다. 일하는 고문으로서 성공하길 빈다.

146 No 자가용

      승용차 없이는 움직일 수 없는 세상이 됐다. 지하철이나 버스 등 대중교통망이 발달했어도 승용차가 필수품이 된 지 오래다. 그래서 집보다 먼저 차를 구입한다. 자가용을 이용할 경우 편리한 점은 새삼 강조할 필요가 없다. 대학생까지 자가용족이 많다. 우리의 경제 규모가 그만큼 커졌다는 방증이기도 하다.

  현직 판·검사들이 개업하면 제일 먼저 바뀌는 것이 있다. 대형 세단에 운전사를 고용하는 것. 부의 상징으로 여겨지기도 한다. 전직 검찰총수가 자가용 없이 출·퇴근한다면 몇 명이나 믿을까. 분명한 사실에 나도 놀랐다. 그분의 사무실을 방문하게 됐다. 얘기를 나누던 중 직접 들었다. 그는 2009년 7월 7일 개업했다. 1년 가까이 되지만 자가용 없이 걸어서 출퇴근한다고 했다. 집에서 변호사 사무실까지 걸리는 시간은 대략 40분. 하루 왕복하면 1만 보 정도 된다고 하니 7킬로미터가량 걷는 셈이다.

  그 까닭을 물었다.

  "갇혀 있는 것이 싫었습니다. 자유를 누리고 싶었습니다. 그 결과 건강도 매우 좋아졌습니다. 폭탄주 몇 잔도 거뜬히 할 수 있게 됐습니다."

  당분간 자가용 없이 지낼 계획이라고 했다. 대중교통 예찬론자가 되어 있었다. 지하철을 주로 이용한다고 했다. 그는 엘리베이터까지 배웅해주었다.

147 승무원의 편지

옛날에는 '선생님'이라는 말을 자주 썼다. 적당한 호칭이 생각나지 않으면 선생님이라고 했다. 부르는 사람도, 듣는 이도 거북해하지 않았다. 그런데 요즘에는 별로 들어보지 못했다. 대신 '사장님'이라는 호칭이 가장 흔하다. 특히 골프장에서는 모두가 사장이다. 이름에다 님을 붙이면 나을 텐데도 말이다.

선생님, 하면 푸근함이 먼저 생각난다. 감싸 안는 모습이 떠오른다. 또 따뜻한 인간미를 느낄 수 있다. 그런 선생님의 상이 멀어져만 가는 것 같아 안타깝다. 각박한 세상 탓이리라. 그러다 보니 사제지간의 정도 쌓일 리 없다. 보통 수준의 인간관계 이상도, 이하도 아니다. 그저 그런 관계가 됐다.

선생님이라는 말을 들었다. 대한항공 승무원이 보낸 편지에서다.

"선생님! 탑승하신 순간부터 느껴지던 그 편안한 미소와 표정들을, 주변 분들을 행복하게 만드는 선생님의 부드러운 카리스마를, 가족과 이웃을 사랑하는 마음을, 그리고 그 안에 담긴 선생님의 진심을 오랫동안 기억하겠습니다."

호주 멜버른에 갈 때 탑승했던 승무원이 올 때도 함께 왔다. 인천공항에 도착할 무렵 승무원이 예쁜 엽서를 건넸다. 그 속에 선생님이라는 호칭이 여러 번 나왔다. 승무원의 환한 미소가 다가온다.

6·2 지방선거가 끝났다. 그 결과는 야당의 압승, 여당의 참패로 나왔다. 누구도 예상치 못한 결과다. 앞서 여론조사에서는 여당이 여유 있게 승리할 것으로 점쳐졌었다. 때문인지 여당은 여유를 보였다. 반면 야당은 이를 악물고 젖 먹던 힘까지 모두 쏟았다. 정말로 알 수 없는 것이 민심이요, 표심이다. 이번 선거에서도 여실히 드러났다.

승자가 있으면, 패자가 있기 마련이다. 환호와 탄식이 교차한다. 후보자는 물론 선거종사자들도 파김치가 된 상태다. 13일간의 공식선거 운동기간은 하루가 1년 같았을 게다. 선거는 민주주의의 꽃이라고 한다. 그것을 통해 지역 일꾼을 뽑고, 그들에게 4년을 맡긴다. 박빙의 선거구가 많아 마지막까지 손에 땀을 쥐게 했다. 유권자로 하여금 보는 재미도 더해주었다.

선거는 결과가 중요하다. 과정이 아무리 아름다워도 낙선하면 의미가 퇴색된다. 2등은 의미가 없다는 얘기다.

"엘리베이터를 탈 수 없었어요. 창피해서 얼굴을 들고 돌아다닐 수도 없었죠."

한 번 낙선 경험이 있는 4선 국회의원의 말이다. 다시 도전하려면 4년을 기다려야 한다. 얼마나 답답하고 지루하겠는가. 그래도 정치 지망생이 많다는 것은 고무적이다.

149 말 공장

우리나라 사람들은 남 말하기를 참 좋아한다. 둘만 모이면 다른 사람 얘기를 꺼낸다. 칭찬 대신 험담이 주를 이룬다. 있지도 않은 말을 지어내기도 한다. 침소봉대하는 것이다. 여러 사람이 한 사람 병신 만들기는 쉽다. 듣는 사람도 반복해서 들으면 그대로 믿는 경향이 있다.

특히 정치권에서 심하다. 줄서기를 강요하는 만큼 말도 잘 지어낸다.

"누가 얼마 먹었다더라. 낮엔 야당, 밤에는 여당이래."

도덕성에 치명타를 먹이는 말들이 많다. 영문도 모른 채 뒤통수를 얻어맞는다. 나중에 아니라고 강변해도 통하지 않는다. 이미 엎질러진 물이기 때문이다.

오래 정치활동을 해온 선배와 만났다. 사람 좋기로 두루 소문이 나 있다. 적수가 없는 줄로 알았다. 그러나 웬걸. 오해를 사 어려운 적이 많았다고 실토했다. 자신은 가만히 있는데도 없는 말을 지어냈다는 것. 동석한 지인이 말했다.

"대한민국에서 살려면 말 공장을 조심해야 합니다."

그렇다. 우리나라에는 말 공장이 너무 많다. 말을 아껴야 하는데 남의 말이라고 함부로 한다. 사실 확인은 뒷전이다. 남이 그렇다고 하면 넝달아 북 치고 장구 친다. 다시 한 번 말의 의미를 강조하고 싶다.

150 고향 골프대회

　　월요일 오전. 낮 12시 30분부터 열리는 골프대회에 참석하기 위해 하나둘씩 모여들었다. 20~30대는 보이지 않았고, 50~60대가 가장 많았다. 여든을 넘긴 고향 어른도 모습을 보였다. 골프는 남녀노소 모두 즐길 수 있기에 참석이 가능했던 것. 비용 부담만 없다면 더 없이 좋은 운동이다.

　　내 고향은 충남 보령이다. 대천 해수욕장으로 더 알려진 곳이다. 보령군이 보령시로 승격됐다. 서해안 고속도로가 뚫리면서 2시간이면 닿을 수 있다. 옛날에는 4~5시간은 족히 걸렸다. 보령을 아끼는 출향 인사들이 경기도 한 골프장에서 친선 모임을 가졌다. 주로 자영업을 하는 분들이 많았다. 나같이 직장인은 아주 드물었다. 평일에 휴가를 내기가 쉽지 않기 때문이다.

　　정확히 45팀이 출전했다. 여자분들도 서너 팀은 됐다. 간간이 소낙비가 내리는 가운데 필드를 마음껏 돌았다. 고향분들과 어울리다 보니 시간 가는 줄 몰랐다. 이어서 저녁 만찬. 200여 명이 홀을 꽉 메웠다. 2시간 가까이 진행됐는데 내내 흥겨웠다. 처음 보는 사람끼리도 금세 친해졌다. 고향이 없는 사람들은 이 같은 기쁨을 맛볼 수 없다. 이번이 세 번째. 매년 모임을 이어오고 있다. 처음 참석했지만 아주 즐거웠다. 고향이 있는 나는 행운아다.

151 부자, 그들만의 리그

　　자본주의 사회에서는 돈이 최고다. 그것만 있으면 모든 것이 해결된다. 그래서 돈을 벌려고 난리다. 하지만 내 뜻대로 되지 않는 것이 또한 돈 버는 일이다. 누구나 부자가 되고 싶어 한다. 예나 지금이나 똑같다. 전 지구촌이 다름없다. 부자는 부러움의 대상이 된다. 스스로 부를 과시하기도 한다.

　　우리나라에도 부자들이 많다. 옛날에는 외제차를 타면 부자로 취급 받았다. 그러나 요즘은 거리에 깔린 게 외제차다. 더 이상 부의 척도가 될 수 없다는 얘기다. 호텔 근무를 오래한 사람으로부터 부자 얘기를 들었다. 지금은 고인이 됐지만, 이름만 대면 알 수 있는 분이다. 그분은 대중탕을 통째로 빌려 온천욕을 즐겼다고 한다. 경호나 의전도 대통령 수준으로 했다고 귀띔했다. 다른 일화는 입으로 옮기기도 거북하다.

　　한국의 대부호 가운데 국민으로부터 추앙받는 이는 거의 없다고 본다. 슬픈 일이다. 울며 겨자 먹기로 기부는 해도, 스스로 돈을 내놓는 경우를 보지 못한 것 같다. 졸부보다 나을 게 없다. 부를 사회에 환원하는 풍토가 조성돼야 한다. 부의 대물림에 몰두하는 재벌들이 귀담아들을 필요가 있다. 부자가 대접받으려면 그에 걸맞은 행동을 보여줘야 한다.

한국에서 돈이 없으면 정치를 하기 어렵다. 깨끗한 정치인을 찾아보기란 하늘의 별따기다. 청렴한 사람도 정치권에 들어가면 물들 수밖에 없는 구조다. 세비만 가지고 정치를 할 수 없다. 그 몇 배가 들어간다. 그렇다면 남에게 손을 벌려야 한다. 후원금 가지고도 어림없다. 다른 주머니를 차야 하고, 잘못되면 사법 처리되기 일쑤다. 걸릴 경우 재수 없는 정도로 치부하는 것이 보다 큰 문제다. 너나 할 것 없이 똑같다는 생각이 자리잡고 있다.

사업을 하는 선배와 만났다. 정치권을 화제로 삼았다. 말끝에 '고급 거지'라는 얘기가 나왔다. 정치인을 두고 한 말이다. 80~90퍼센트는 그렇다고 단언했다.

"정치인과 식사를 하면 수백만 원 정도 건넵니다. 하루 저녁에 세 번 정도 저녁식사를 하는 정치인도 봤어요."

정치인들이 자금을 조달하기 위해 기업인에게 손을 벌린다는 전언이다.

정치인들이 돈을 모으는 이유는 딱 한 가지다. 다음 선거에서 당선되기 위해서다. 미리 실탄을 준비하는 것. 돈의 성격을 가리지 않아 큰코다치기도 한다. 무조건 받고 보니 화를 불러온다. 깨끗한 정치인이 아주 없는 것도 아니다. 세비와 후원금에만 의존하는 이들도 있다. 그런 의원이 많이 나올수록 좋다.

153 지성이면 감천

열과 성을 다하면 하늘도 감동한다. 하물며 인간이야 말할 것도 없다. 남이 보든 말든 열심히 해야 한다. 지극 정성이란 말도 있다. 무엇보다 인내심이 필요하다. 다시 말해 끈기가 있어야 한다는 말이다. 하루나 이틀하다가 그만두는 경우가 많다. 바로 성과가 나타나지 않기 때문이다. 그래서는 소기의 목적을 달성할 수 없다.

2009년 12월 1일, 서울신문에 블로그를 처음 개설했다. 거의 날마다 짧은 에세이를 올렸다. 원고지 3장 분량이 채 안 된다. 때문에 금방 식상할 수 있다. 그래도 포기하지 않고 글을 썼다. 내 스스로 다짐한 약속이기도 하다. 하루 한 편이 목표다. 외국에 나간 경우를 제외하곤 약속을 지킨 듯하다. 블로그에 올라있는 글이 잘 말해준다.

2010년 6월 16일은 나에게 뜻 깊은 날이다. 블로그 개설 이후 처음으로 조회 수 1000을 넘겼다. 세 자리 수는커녕 한 자리 수에 머물 때도 적지 않았다. 비약적인 발전을 이룬 셈이다. 독자가 없는 글은 생명을 다한 것과 마찬가지다. 적잖이 실망한 것도 사실이다. 글을 쓰는 것이 쉽진 않다. 매일 쓰다 보니 소재 고갈을 느낀다. 그래도 한 분의 독자가 있는 한 글을 계속 쓸 참이다.

154 40년 만의 통화

쉰을 넘겼다. 정년도 몇 년 남지 않았다. 세월이 참 빠르다. 초등학교 다니던 시절이 엊그제 같다. 운동장이 매우 크게 보였다. 지금 가서 보면 손바닥만 하다. 우리는 그곳에서 공을 차며 마음껏 뛰어놀았다. 이제는 흰머리가 검은 머리보다 많다. 늙어간다는 얘기다. 그것이 인생의 순리다.

초등학교 여자 동창생과 전화 통화를 했다. 햇수로 따져 40년은 될 듯하다. 그 친구는 고등학교 졸업 후 한 번인가 나를 본 듯하다고 기억을 되살렸다. 그런데 난 기억이 전혀 없다. 어쨌든 전화 목소리를 들으니까 너무 반가웠다. 목소리에서 삶의 여유도 느껴졌다. 남편, 자식들과 행복한 가정을 꾸리고 있을 게 분명하다. 조만간에 한번 얼굴을 보기로 약속했다. 어떤 모습일까. 기억이 가물가물하다.

"원숙한 초록 유월, 성한 풀이파리 풀숲엔 싱싱한 풀 향기, 푸른 나뭇잎들 온 산을 감싸고, 정다운 새들 노래 숲속에 어우러져, 대하면 대할수록 정겨운 싱그러운 날, 뜻밖의 친구 전화 목소리, 반갑고 고마웠습니다. 오늘도 많이 덥다는 군요. 건강한 하루가 되시옵소서……. ^^"

통화를 마친 뒤 내 블로그에 이 같은 댓글을 달았다. 친구와의 만남이 기대된다.

155 체질의학

난치병이 많다. 아무리 이 병원, 저 병원을 찾아 다녀도 낫지 않는다. 명의도 소용없다. 원인을 알 수 없는 병이 그것이다. 환자는 답답한 생각에 모든 것을 다 해본다. 많이 배운 사람이나, 배우지 못한 사람이나 다름없다. 하루라도 빨리 낫고자 하는 생각에서다. 인연이 닿으면 고칠 수도 있다. 실제로 그런 예를 본다.

마지막으로 찾는 곳이 한의원이다. 병원에서 손을 들다보니 기댈 데라곤 그곳밖에 없다. 나 역시 마찬가지다. 한의원도 20여 곳을 순례했다. 누가 소개해주면 밑지는 셈 치고 찾는다. 여전히 효과를 보지 못했다. 최근 지인으로부터 한 곳을 소개받았다. 젊은 한의사가 진료를 했다. 30대 초반인데 왠지 믿음이 갔다. 꼭 낫게 해줄 것만 같았다.

세 번째 침을 맞았다. 조그만 쪽지를 건네주었다.

"당신이 무슨 약을 쓰든지 효과보다 해가 더 많고 육식 후에 몸이 더 괴로워지는 것은 체질적으로 간 기능이 약하기 때문이므로, 채식과 바다 생선을 주식으로 하고 항상 허리를 펴고 서는 시간을 많이 갖는 것이 건강의 비결입니다. 일광욕과 땀을 많이 내는 것을 피하십시오."

이른바 '금양체질(pulmotonia)' 이란다. 무엇보다 침만으로 치료가 가능하다니 굳게 믿어볼 참이다.

156 건망증

사람은 망각의 동물이라고도 한다. 잊어버리는 것이 나쁘지 않다는 얘기다. 모든 것을 기억한다고 생각해보라. 그럴 리도 없지만, 사실이라면 머리가 터질 것이다. 인간 뇌의 구조는 매우 복잡하다. 꼭 기억해야 될 것은 영원히 간직한다. 그러나 버려도 될 것은 바로 지우는 듯하다.

기억력이 특히 좋은 사람들이 있다. 다 잊고 있는데 기억해내는 사람들이 그들이다. 머리가 좋다고 할 수 있다. 머리가 나쁜 사람은 기억력도 좋을 리 없다. 기억력이 좋은 사람은 치매에 걸릴 가능성도 적다. 항상 머리를 쓰기 때문이다. 머리는 쓰면 쓸수록 좋아지는 법. 물론 좋은 곳에 써야 한다. 범죄 등 나쁜 쪽에 발달한 사람도 있다. 그럴 땐 아니 쓴만 못하다.

나는 어느 쪽일까. 기억력이 좋은 편은 아닌 듯싶다. 나와 관련된 얘기를 꺼내면 기억이 까마득할 때가 많다. 전혀 기억나지 않는 경우도 적지 않다. 그럴 땐 상대방에게 미안한 마음을 전한다. 쉽게 잊어버리는 것을 건망증이라고 한다. 나이가 들수록 심해지는 것은 당연하다. 나도 비슷한 경험을 하고 있다. 아무리 기억을 되살리려고 해도 생각나지 않는다. 예방하는 방법은 있다. 메모를 습관화하면 건망증을 최소화할 수 있다.

157 꼭 보고 싶은 사람

숱한 사람과 부대끼며 산다. 그것이 인생이다. 그중에 좋은 사람이 있는 반면, 싫은 사람도 있을 터. 어쨌거나 함께 살 수밖에 없다. 사람이 사람을 미워하면 안 된다. 그런데도 남에게 적개심을 품는 이들이 있다. 아주 못난 사람들이다. 자신이 남을 미워하면, 부메랑으로 돌아오는 것을 모른다.

가장 귀한 것이 또한 사람이다. 사람만큼 소중한 게 없다. 따라서 남을 사랑해야 한다. 종교에서만 강조하는 것이 아니다. 실제 생활에서 실천하는 것이 바람직하다. 남을 사랑하면, 자기도 사랑받는다. 인과응보라는 말이 있지 않은가. 사람은 인연으로 시작해서, 인연으로 맺는다. 좋은 인연을 쌓아야 한다는 얘기다.

출근길이었다. 지하철 개찰구를 나와 계단을 막 내려가는 순간 누군가 뒤에서 내 이름을 불렀다.

"오풍연 형님!"

뒤를 돌아보니 알 듯한 얼굴이 빙긋 웃었다. 1980년대 초 카투사로 함께 근무한 후배였다. 시간이 없어 우선 명함만 교환하고 헤어졌다. 회사로 나와 내가 먼저 다이얼을 돌렸다.

"형님은 제가 꼭 보고 싶은 사람이었습니다. 고맙습니다."

그렇다. 살면서 죽기 전에 한 번은 꼭 만나보고 싶은 사람이 있다. 그 사람이 나였다니 그렇게 고마울 수가 없었다. 조만간 만나 회포를 풀어야겠다.

먹고살기가 참 힘들다. 혼자 벌어서는 감당하기 어렵다. 그래서 맞벌이를 선호한다. 둘이 벌어야 조금 힘을 던다. 월급쟁이는 사정이 비슷하다. 고액 연봉을 받는다면 몰라도 저축은 엄두조차 내지 못한다. 오죽 힘들면 아이 낳는 것도 꺼려할까. 무자녀 가정이 의외로 많다. 그냥 엔조이하는 것이 낫다는 계산에서다. 안타까운 일이 아닐 수 없다.

정규 직업 이외에 부업을 갖는 사람들이 늘고 있다. 이른바 투잡족이다. 돈 되는 일이라면 몸을 사리지 않는다. 이웃 일본 역시 투잡족이 많다고 한다. 세상살이가 비슷한 것 같다. 한 푼이라도 더 벌어 삶의 질을 높여보자는 것. 쉬지 않고 일하는 사람이 천대받으면 안 된다. 노동은 신성하기 때문이다.

사촌 동생에게서 메일이 왔다.

"다름이 아니라, 소식은 들으셨겠지만 이번에 ○○형이 홍성에서 치킨집을 열게 되었습니다. 주어치킨이라고 먹어봤는데, 맛도 괜찮고 가격 경쟁력도 있더라구요. 혹시 근처에 가실 일 있으면 들러주시고, 시간 되시면 전화로라도 격려 부탁드립니다"라는 내용이었다. 자동차 정비업을 하는데 새로 부업을 시작했다. 열심히 살려고 하는 모습이 대견스럽다. 돈도 많이 벌고, 보람도 찾았으면 한다.

159 유쾌, 통쾌, 상쾌

인간에게 하루 24시간은 똑같다. 부자라고 해서 시간이 길지 않다. 또 가난하다고 해서 시간이 짧을 리 없다. 이 시간을 어떻게 쓰느냐가 중요하다. 세월이 긴 것 같지만, 의외로 짧다. 50평생이 순식간에 흐른 느낌이다. 10대, 20대가 엊그제 같다. 30대, 40대도 훌쩍 지나갔다. 60대, 70대가 기다리고 있다. 그 시간들도 빨리 올 것이다. 정말로 세월은 흐르는 물과 흡사하다.

어떻게 하면 잘 살 수 있는가를 생각해 본다. 인생에 해법이나 정답은 없다. 자기 스스로 삶을 개척해야 한다. 남에게 흥미없는 것도 나에게는 재미있을 수 있다. 그런 것을 찾아 내 것으로 만들어라. 모방도 한 방법이다. 남의 취미 등을 따라한 뒤 재미를 붙이면 내 것이 된다. 따라하기에 주저할 필요가 없다는 얘기다.

나는 항상 유쾌한 생각을 한다. 남들은 그런 나를 보고 참 이상하다고 여긴다. 짜증을 낼 만한데 그저 웃고 있으니 그럴 법도 하다. 나에게는 그런 것이 습관화돼 있어 전혀 이상하지 않다. 모든 것을 부정적으로 보지 않고, 긍정적으로 보기 때문이다. 한 친구가 얘기한다.

"자네는 유쾌, 통쾌, 상쾌한 사람일세, 자네를 만나면 나도 즐거워져."

분명 칭찬일 터. 지금까지는 그렇게 살아왔다. 앞으로도 똑같이 살기를 다짐한다.

말을 하면 책임을 지는 것이 마땅하다. 그런데 이게 쉽지 않다. 뒷일은 나중이라 생각하니 말이 앞선다. 우선 결연한 의지를 밝힌다. 못할 것이 없어 보인다. 아쉬운 사람은 그같은 말에 넘어가기 십상이다. 감언이설(甘言利說)이라고 했다. 달콤한 말로 남의 비위를 맞춘다. 사람을 꾀기 위해서다.

세상에 명의를 자처하는 사람들이 많다. 특히 한의사 가운데 유명세를 떨치는 이들이 적지 않다. 나도 여러 명을 소개받아 치료를 받은 적이 있다. 그들의 대답은 명쾌하다.

"제가 고쳐드리죠. 양방에 가도 소용이 없습니다. 몇 달 침을 맞고 약을 먹으면 좋아질 것입니다."

듣던 중 반가운 소리 아니겠는가. 증세가 심한 경우 그 한의사에게 매달릴 수밖에 없다. 그러나 효과를 보지 못하는 게 다반사다. 그리곤 발을 끊는다.

대신 양의는 그런 말을 하지 않는다. "최선을 다해 보겠습니다"가 고작이다. 서양 의술을 공부한 그들로서 더 이상 확답은 불가능하다. 여기서부터 의사에 대한 기대도 접는다. 분명한 게 한 가지 있다. 의사를 믿지 못하면 병을 영원히 고칠 수 없다는 것. 따라서 의사를 믿고 처방대로 따르는 것이 좋다. "내 병은 내가 안다"며 스스로 의사인 양 행동하면 안 된다.

161 푼수의 돈 자랑

자랑하고 싶은 심정은 누구에게나 있다. 정도가 심한 사람이 있는 반면, 전혀 내색하지 않는 사람도 있다. 자기가 남들보다 나으면 자랑하고 싶어 한다. 인간만 그런 것이 아니다. 국가도, 기업도 마찬가지다. 인공위성을 쏘아 올리고, 핵무기를 개발하는 것도 다르지 않다. 남들이 하지 못하는 것을 이루면 성취감을 맛본다.

가장 치사한 것이 돈 자랑이다. 돈이 많다고 떠벌리는 사람들이다. 진짜 돈이 많은 사람들은 그렇지 않다. 여전히 배가 고프다고 한다. 골프 연습장이나 헬스 클럽에서 자랑하는 이들이 많다. 일정한 직업 없이 돈푼이나 만지는 사람들이다. 자신의 재산 목록을 줄줄이 왼다. 남이 들어주기를 바라는 눈치다. 이들에겐 공통점이 있다. 지극히 짜다는 것. 커피 한잔 제대로 권할 줄 모른다. 그러니 대접을 받을 리 없다. 그런 사람들을 누가 좋아하겠는가.

지인들과 점심을 하면서 돈 애기가 나왔다. 모두 월급쟁이여서 이런 저런 일화를 털어놨다. 월급쟁이에게 월급을 말하는 것은 대단한 결례다.

"자네 월급은 얼마나 되나. 그것 받아가지고 살 수 있겠어?"

이런 애기를 스스럼없이 꺼내는 이들이 있다. 무심코 던진 말에 상처받을 수 있다. 보태줄 마음이 없다면 묻지 말아야 한다. 돈 자랑은 제 얼굴에 침 뱉기다.

162 카페를 사랑하는 사람들

한국 사람들의 대표적 근성이 있다. 쉽게 달아올랐다가 바로 식는 것. 월드컵 열기만 보더라도 그렇다. 전국이 들썩거리는가 싶더니 언제 그랬느냐는 듯이 조용하다. 이런 경우 장점이 더 많다고 해야겠다. 하루 빨리 일상으로 돌아오는 것은 다행이다. 그러나 쉽게 식는 것도 문제다. 이땐 연속성을 유지할 수 없다.

처음 시작할 땐 모두가 열성적이다. 중단이 없을 것 같은 느낌을 준다. 웬걸, 시간이 지나면서 열기가 식는다. 참여율도 저조해진다. 서로 눈치를 본다. 한 사람, 두 사람 멀어지면서 자동 소멸하는 경우도 있다. 처음과 끝이 한결같기란 어렵다. 자신과의 약속을 지킬 때만 가능하다. 그런데 세상만사가 그렇듯 자기와의 약속도 저버리기 쉽다.

'자랑스러운 공군 가족'이라는 카페가 있다. 2009년 5월부터 활동을 하고 있다. 아들 녀석을 공군에 보내놓고 가입했다. 나뿐만 아니라 다른 부모들도 열심히 소식을 전한다. 그런데 녀석들의 상병 진급과 함께 참여율이 현저히 줄었다. 그러나 몇몇 분들은 변함이 없다. 존경할 만한 분들이다. 정말로 카페를 자식처럼 사랑한다. 처음 한 약속을 지키는 그들이 있어 카페가 건재하다. 그 카페 덕에 에세이집을 두 권이나 낸 나는 최대의 수혜자다.

163 이씨 성을 조심하라

첨단 과학 문명시대에 접어들어도 사라지지 않는 것이 있다. 점쟁이다. 그들은 원시시대부터 있었다. 우리나라에만 있는 것이 아니다. 서양에도 있다. 남의 운명을 점쳐주고 일정한 대가를 받는다. 유명인사일수록 더 많이 찾는다고 한다. 발 디딜 틈도 없이 문전성시를 이루는 곳도 있다.

점에 과학적 근거가 있겠는가. 없다고 보아야 할 것이다. 자기 일도 아닌데 어찌 남의 일을 예상할 수 있겠는가. 과거는 얼추 맞추기도 한다. 그러면 더욱 귀를 기울인다. 용하다고 소문도 낸다. 사람의 일이 엇비슷하기에 대충 얘기하면 고개를 끄덕인다. 전문 의학용어 등을 써서 환심을 사는 점쟁이도 있다.

아내가 점을 잘 본다는 집에 다녀온 적이 있다. 입소문을 듣고 찾아갔었다. 남편인 나에 대해 안 물어볼 리가 없다. 술을 한 모금도 입에 대지 마란다. "젊어서 술을 많이 마셔 간이 쩔어있다"고 했다는 것. 40~50대 직장인을 겨냥한 듯 했다. 이씨도 조심하라고 했단다. 주변에 이씨가 좀 많은가. 기가 찼다. 남산에서 돌을 던지면 김, 이, 박씨 중 한 명이 맞는다고 하지 않는가. 아내는 그래도 이씨를 조심하라고 거듭 당부한다. 이씨 성을 가진 지인들에게 미안한 생각이 든다.

164 늙을수록 돈 있어야

돈만큼 치사한 것도 없다. 그것 때문에 사람을 죽이기도 한다. 돈 없는 세상에 살고 싶다는 유서를 남기고 세상을 하직하는 사람도 있다. 슬픈 일이다. 돈은 욕심을 낸다고 벌 수도 없다. 재테크에 관한 책은 여전히 인기다. 어떻게 하면 돈을 많이 모을 수 있을까. 오늘을 살고 있는 우리들의 영원한 숙제다.

돈은 나이 들수록 더 필요하다. 우선 나가는 돈이 많다. 이곳 저곳 애경사를 챙겨야 한다. 품위를 유지하는 데도 없어선 안 된다. 병원비도 만만찮다. 자식들도 경제력 있는 부모를 더 좋아한다. 직접 부양하지 않아도 되거니와 용돈까지 얻어 쓸 수 있기 때문이다. 노후 대비를 철저히 할 때만 가능한 얘기다.

친한 고향 선배와 점심을 했다. 공직에 계신 분이다. 40년 가까이 한 우물을 파왔다. 재테크에 관한 자신의 경험담을 털어놨다. 작은 평수라도 서울 강남에 집을 장만할 것을 조언했다. "강남은 오를 땐 크게 오르고, 소폭으로 떨어진다"는 것이 이유였다. 실제로 그랬다. 1990년대까지만 하더라도 강남·북간 차이가 지금처럼 크진 않았다. 나와 아내는 집에 관심이 없다. 한 사람이라도 관심이 있었으면 강남을 두드렸을지도 모른다.

"늦었지만 아내와 진지하게 생각해보게."

왜 선배의 충고가 공허하게 들릴까.

165 웰다잉

웰빙의 시대다. 각종 미디어 매체에 하루가 멀다하고 소개된다. 그만큼 관심이 크다는 얘기다. 오래 사는 것은 인류 모두의 꿈. 웰빙이 첩경이란다. 관련 서적도 봇물처럼 쏟아지고 있다. 웬만한 가정에도 한두 권의 책이 눈에 띈다. 웰빙을 소재로 한 텔레비전 프로그램 역시 꾸준한 인기다. 우선 시청자층이 편중돼 있지 않아 그럴 게다.

행복한 삶 못지않게 중요한 게 있다면 뭘까. 행복한 죽음이다. 죽음이 행복할 리야 없겠지만 받아들여야 한다. 누구나 죽음을 피해갈 수 없기에 그렇다. 지인들과 어울려 식사를 하다가 죽음 얘기가 나왔다. 거기에 정답은 없었다. 각자 관점이 달랐다. 모두들 돌연사를 경계했다. 본인이야 어떨지 모르겠지만 남은 가족들의 고통이 너무 크다는 것. 특히 40~50대 가장의 돌연사는 피해야 한다고 입을 모았다.

그러나 죽음은 마음대로 할 수 없다. 예고하고 찾아오는 경우도 있지만, 그렇지 않은 경우도 많기 때문이다. 대학에서 사회복지학 강의를 하고 있는 선배가 '웰다잉'을 얘기했다.

"웰빙만 말하는데 웰다잉도 그것 못지않게 중요합니다. 앞으론 화두가 될 것입니다."

곰곰이 생각해보니 맞는 말 같았다.

166 세 번째 에세이집(?)

가을이다. 유난히 덥던 여름이 지나갔다. 언제 그랬느냐는 듯 아침 저녁으론 제법 쌀쌀하다. 저녁 산책을 할 때는 긴 옷을 꺼내 입어야 할 형편이다. 한낮은 날씨가 정말 쾌청하다. 구름 한 점 없다. 천고마비의 계절이라는 말이 딱 들어맞는 것 같다. 우리나라도 아열대 기후군에 점차 진입하고 있다지만 4계절은 뚜렷하다. 복받은 나라임에 틀림없다.

아들녀석이 군에 입대한 뒤 나에게도 큰 변화가 있었다. 한 편, 두 편 쓰기 시작한 글로 두 권의 에세이집을 냈다. 상상조차 하지 못한 일이었다. 기자가 글 쓰는 직업이긴 하지만 책을 내는 것은 쉽지 않다. 우선 출판사 측이 별로 관심을 나타내지 않는다. 재미와 감동이 없다는 게 주된 이유다. 편견이 아주 없는 것은 아니지만 인정할 수밖에 없다.

내가 세 번째 에세이집을 준비하는 것은 아들과의 약속 때문이다. 녀석은 25개월간 복무한다.

"아빠는 그 기간 동안 책을 세 권 쓸 테니, 너도 무슨 자격증이든 따야 한다."

주경야독하라는 얘기였다. 덕분에 작가라는 호칭도 듣는다. 비록 무명이지만 기분은 좋다. 녀석도 당초 약속을 지켰으면 하는 바람이다.

"간이 콩알만 하다."

"간덩이가 부었다."

"그렇게 소심해서 무슨 일을 할 수 있겠어."

"아무튼 사내자식은 간덩이가 커야 돼."

우리가 흔히, 자주 쓰는 말이다. 배짱을 얘기할 때 자기도 모르게 내뱉는다. 다분히 주관적이다. 정작 자신이 어떤지는 모른다. 남에 대해 쉽게 평가하고, 깎아내리려고 하는 근성 때문이다.

배짱과 허세는 다르다. 그런데 허세를 부리면서 배짱이 있다고 큰소리친다. 졸장부들이 대표적이다. 조그만 일에도 과시하려 하고, 남이 알아주지 않으면 성을 낸다. 소인배 행세를 하면서도 대범한 척 위장하는 것이다. 그러나 남은 다 안다. 그 사람이 어떤 부류의 사람인지 훤히 꿰고 있으면서 내색을 하지 않는다. 똑같은 사람이 되지 않기 위해서다.

내가 생각하는 배짱은 이렇다. 튼튼한 기초 위에 소신을 굽히지 않는 것. 그것이 진짜 배짱이라고 본다. 비굴한 사람은 절대로 그렇게 할 수 없다. 또한 내공을 쌓아야 한다. 자기 자신이 흔들리면 안 된다. 군에 가있는 아들 녀석에게 가끔 말한다.

"사내는 배짱이 있어야 한다. 그러려면 우선 실력을 쌓는 것이 중요하다. 허튼소리로 듣지 말아라."

혼자 큰 녀석이기에 걱정이 앞선다. 아빠인 내 모습도 그만큼 중요하지 않겠는가.

168 획기적 아들

평소 친형제처럼 지내는 선배가 있다. 이름 석 자만 대면 다 알 수 있는 분이다. 우리집과 가까운 곳으로 이사를 왔다. 인사차 작은 선물을 가지고 아내와 함께 집을 방문했다. 집안의 분위기는 형님과 형수님의 성격을 빼닮은 것 같았다. 정갈하고, 흐트러짐이 없었다. 우리 부부도 편안함을 느꼈다.

마침 저녁 시간이어서 근처 식당으로 옮겨 식사를 했다. 허름한 고기집인데 맛은 일품이었다. 물론 소주도 곁들였다. 대화 도중 주인아주머니가 와서 말을 불쑥 꺼냈다.

"박사님과 사모님을 봐선 그런 아들이 안 나올 텐데 이상하다고 느꼈습니다. 머리를 노랗게 물들이고, 하여튼 이해가 되지 않았습니다. 획기적 아들을 두셨다고 생각했어요."

모범적인 부모 밑에서 자란 녀석 같지 않다는 것. 형님 부부는 "그렇다"며 껄껄 웃었다.

요즘 젊은이들은 개성을 중시한다. 남을 거의 의식하지 않고 자기 삶을 살아간다. 옛날 잣대로 아이들을 키우려고 하면 안 된다. 본인이 하고 싶은 대로 놔두는 게 좋다. 그 녀석도 부모가 희망하는 의대 대신 철학과를 선택했다. 글쓰기를 좋아해 조만간 판타지 소설도 낸다고 했다.

"형님, 획기적 아들이 꼭 성공할 겁니다."

그래도 노심초사하는 게 부모의 마음이다.

169 자리를 탐하지 말라

우리나라에서 가장 행복한 사람은 누구일까. 대통령, 재벌 회장, 성직자, 사회사업가……. 수없이 많은 직업군을 들 수도 있을 것이다. 또 남의 떡이 커보이는 법이어서 부럽기도 하다. 정말 그럴까. 전직 대통령이 스스로 목숨을 끊은 것을 보면 그렇지만도 않은 것 같다. 부러울 것이 없어 보여도 만족한 삶을 누리지 못한 탓이다. 또한 그것이 인생이다.

한국 사회에서는 특히 자리를 중시한다. 현재의 위치를 보고 판단한다. 기를 쓰고 위로 올라가려고 하는 이유다. 그것을 탓할 수 있을까. 나는 아니라고 자신 있게 말할 수 있을까. 산속에서 수도하는 스님들조차 자리를 가지고 다툼을 벌이는 세상이다. 세상이 더욱 각박해질 수밖에 없다.

그렇다면 나는 어떨까. 솔직히 자리에 대한 욕심을 버린 지 오래다. 그러니까 마음이 편하다. 누구의 눈치를 살필 필요도 없다. 나에게 맡겨진 일을 충실히 할 뿐이다. 나를 바보라고 칭하는 사람도 적지 않다. 그래도 신경을 쓰지 않는다. 바보면 어떤가. 내가 살아가는 방식이다. 그렇다고 남에게까지 강요할 생각은 추호도 없다. 오랫동안 보아온 진실은 있다. 자리에 집착하는 사람은 끝이 아름답지 못하다.

170 아주머니, 죽지 않습니다

　　　　　　종종 들르는 병원이 있다. 의사선생님과 대화를 많이 나누는 편이다. 때론 처방도 받는다. 칠순을 넘기신 만큼 환자 얼굴만 봐도 상태를 대충 알 수 있단다. 텔레비전에도 가끔 나와 궁금증을 시원하게 풀어준다. 때문인지 전국 각지에서 환자가 몰려온다. 목요일까지만 진료를 하는데 항상 문전성시다.

　얼마 전의 일이다. 병원 문을 나서 아주머니 두 분과 엘리베이터를 함께 탔다.

　"아저씨는 건강해 보이시는데 웬일로 병원에 오셨습니까?"

　한 분이 나에게 물었다.

　"젊은 사람도 병원에 오지요. 아주머니는 어디가 아프세요?"

　그 아주머니는 전주에서 올라왔다고 했다. 증세를 물었더니 쭉 얘기를 했다.

　"저는 올해 65세입니다. 머리가 멍해 고생을 하고 있습니다. 높은 빌딩에 올라가 뛰어내리고 싶고, 물을 보면 몸을 던지고 싶습니다. 사는 것이 괴롭습니다."

　자식들이 엄마 걱정을 많이 한다고도 했다.

　"검사는 다 해보셨습니까?"

　"네, 아무 이상이 없다고 합니다."

　"아주머니 죽지 않습니다. 앞으론 걱정하지 마세요."

　짧은 시간이었지만 위로를 해드렸다. 그랬더니 금세 얼굴이 밝아졌다. 내 명함도 건네 드렸다.

"더 궁금한 게 있으면 언제든지 연락 주세요."

때론 한마디 위로가 병을 낫게 할 수도 있다.

171 여남동등(女男同等)

　　여자들과 자리를 함께 하면 조심을 한다. 행여 말실수를 할까봐 이 눈치 저 눈치 살핀다. 여자들이 남자보다 상처를 쉽게 받는 것은 사실이다. 그렇다면 상처를 주지 않도록 말조심을 할 필요가 있다. 요즘엔 여자들도 그대로 당하지 않는다. 상대방 남자의 불쾌한 언사에는 즉각 반박한다. 공개적으로 면박을 주는 경우도 흔히 본다. 남자들은 실수를 한 만큼 꼼짝없이 당할 수밖에 없다.

　　정치인들은 여자들에게 환심을 사려 한다. 가장 흔히, 자주 쓰는 말이 남녀평등이다. 공치사도 많이 한다.

　　"내가 주도적으로 법안을 발의해 여권신장에 기여했습니다."

　　그러니까 표를 달라는 얘기다. 속이 훤히 들여다보인다. 그래도 여권비하 발언을 서슴지 않는 이들보단 훨씬 낫다.

　　여럿이 모인 식사 자리에서다. 여성도 세 분 있었다. 여성의 괄목할 만한 사회적 진출이 주요 화제가 됐다. 한 분이 30여 년 전 학창시절을 되돌렸다.

　　"선생님이 계셨는데 꼭 여남동등이라고 했습니다."

　　그래서 내가 물었다.

　　"무슨 과목을 맡으셨나요?"

　　"기술을 담당했습니다."

　　"어디까지 하셨나요?"

"교장을 하고, 교육장도 하신 것 같아요."

실업과목 담당 선생님이 맡기 쉽지 않은 자리다. 그런 시각을 가졌기에 가능하지 않았을까.

172 죽음이 먼저일까, 행복이 먼저일까

죽음과 행복이 동시에 찾아올 순 없다. 만약 그렇다면 모든 사람들이 죽음을 택할 것이다.

"지금 살아 있어 행복합니다."

시한부 인생을 선고받고도 살고자 몸부림친다. 살아 있는 것이 죽는 것보다 행복하기 때문이다. 사람은 왜 죽어야 할까. 영원히 살 수는 없을까. 우문을 던져본다. 누구도 거기에 속 시원한 답을 하지 못할 것이다. 생사의 운명을 거스를 수는 없다.

행복을 전파해온 분이 부부동반 자살을 택했다. 텔레비전에 나와 밝게 웃으며 행복을 퍼트리던 모습이 떠오른다. 모든 국민에게 충격이다.

"그렇다면 우리는 어쩌란 말이냐. 모두 죽어야 하나요."

여러 사람들이 이런 저런 얘기를 하면서 안타까워했다. 나도 믿기지 않았다. 처음엔 동명이인인 다른 사람인 줄 알았다.

나의 모토도 행복이다. 여러 가지 비유를 들며 행복을 설파하곤 한다. 함께 여행을 떠난 두 분의 유서를 읽어봤다. 솔직히 부러운 마음도 들었다. 부부 사랑의 마침표를 찍은 것이다. 부부가 동시에 함께 떠나는 것. 이 블로그에서도 최고의 행복이라고 한 적이 있다. 그러나 자살이 아닌 한 불가능하다고도 했다. 자살은 정말로 비극이다. 게다가 동반자살. 생각만 해도 끔찍하다. 우리 모두 빨리 잊자. 거듭 말하지만 살아 있는 것보다 더 행복한 것은 없다.

173 남자가 보따리 싸는 시대

　　법조인들을 자주 만난다. 적어도 한 달에 한 번 이상 얼굴을 본다. 판사, 검사, 변호사, 법대 교수 등이 모두 낀 위원회다. 2시간가량 회의를 하고 오찬을 함께할 때가 많다. 사회 돌아가는 얘기를 많이 나누는 편이다. 직능을 대표하는 여성 위원도 있다. 남자 못지않게 활동적인 분들이다.

　　우연찮게 여성의 사회적 역할에 대한 얘기가 오갔다. 판사들은 이미 몇 년 전부터 여초현상이 빚어지고 있다. 사법연수원을 우수한 성적으로 수료한 이들은 대부분 법원을 선택한다. 그 다음은 검찰을 지원한다. 물론 우수한 수료자 가운데 로펌행을 택하는 사람도 적진 않다. 연수생 1천 명 시대를 맞고 나서부터 빚어진 현상이다. 말끝의 결론은 여자가 남자보다 우월하다는 것이었다. 사실이 그러니 누구도 이의를 달지 않았다.

　　한 위원이 제주에서 운전기사로부터 들은 일화를 소개했다.

　　“여자들이 가방 싸는 시대는 옛날입니다. 요즘은 남자들이 보따리를 싸가지고 혼자 상경하는 경우가 많습니다.”

　　처가 식구들과 함께 여행을 왔다가 마음이 맞지 않아 공항으로 달려간다는 것. 그렇다고 아내와 처가 식구들을 나무라야 할까. 남편을 배려하는 것은 아내의 몫이다. 속 좁은 남편을 만들지 말라.

174 88년생 아들과 와인

술에는 종류가 참 많다. 나라마다, 지역마다 다양한 품종을 선보인다. 위스키, 코냑, 와인은 대표적 서양 술이다. 가격도 천차만별이다. 한 병에 수천만 원을 호가하는 제품도 적지 않다. 특히 와인은 종류가 너무 많아 고르기가 어렵다. 생산연도에 따라 가격도 달리 매겨진다. 나이가 많다고 고급은 아니다. 지역, 일조량 등 여러 가지를 본단다. 때문인지 와인에 관한 책도 수백 종이 넘는다. 와인 마니아도 많다.

몇 해 전 지인에게서 와인을 선물받았다. 술은 종종 받기에 열어보지도 않고 몇 달을 회사에 놔두었다. 내가 와인을 즐겨하지 않는 탓도 있다. 누구든 줄 생각이었다. 마땅히 용처를 찾지 못하고 있는데 한 선배에게서 저녁을 먹자는 연락이 왔다. 그래서 와인을 한 병 가지고 나가겠다고 했다. 시간 여유가 있어 인터넷을 뒤져봤다. 프랑스 산인데 P로 시작된다. 출시년도는 1988년. 가격을 대충 봤다. 수백만 원이 넘는 것이었다. 나도 놀랐다.

"선배, 이 와인 그냥 먹죠. 가지고 나가겠습니다."

그 선배가 바로 연락을 해왔다. 자신이 다른 와인을 가지고 갈 테니 집에 보관하란다. 아들녀석이 1988년생이다. 의미가 있다는 생각이 들었다. 우리집의 가보인 셈이다. 최근에야 지인에게 고마움을 전했다.

175 성악설을 더 믿는 까닭

　　　오랜만에 글을 띄웁니다. 거의 매일 제 개인 블로그에 글을 올리는데, 이곳에는 식상할까봐 조심스럽습니다. 전문 작가는 아니지만 하루하루 글을 쓰면서 사물의 이치를 깨닫곤 합니다. 엊그제 법무부 정책위에서도 쓴소리를 했습니다. 우리(한국인)의 국민성에 대해 한마디로 "나쁘다"고 했습니다. 개인적으론 우수할지 몰라도 시기와 질투심이 많다는 점을 지적했습니다. 성선설보다 성악설을 더 믿는 이유이기도 합니다.

　　여러 위원(판사, 검사, 변호사, 대학교수, 시민단체 대표 등)들이 저를 보고 의아해했습니다. 매번 칭찬 위주로 발언을 했던 사람이 이상한 소리를 하는 것처럼 느꼈을 겁니다. 제가 지금까지 느낀 바로는 우리 국민이 솔직하지 못하다는 점입니다. 아마 제 의견에 동의하지 않는 분들도 많을 것입니다. 제가 그렇게 생각한다는 얘기입니다.

　　우리 포럼에는 그런 분들이 없을 것으로 확신합니다. 사람은 저마다 개성이 있습니다. 또 자기가 제일인 줄 압니다. 모든 사람들이 그렇기에 누구도 탓할 수 없습니다. 누가 더 자제와 절제를 하느냐에 따라 품격이 달라 보일 뿐입니다. 우리 회원들의 보다 더 아름다운 모습을 기대하면서……

176 나를 유혹하는 연인이 생겼어요

요즘 난 매일 새벽 즐거움을 만끽한다. 한 친구와의 전화로 하루를 시작한다. 예전에는 새벽 3~4시쯤 일어나 글을 썼다. 그래서 책도 세 권 내게 됐다. 새벽이 즐거운 이유다. 남들이 모두 잠든 시간, 혼자만의 여유를 가져보라. 새로운 기쁨을 누릴 것이다.

며칠 전 포럼 워크숍에 가서 벗을 만났다. 어느 자리에선가 한 번쯤 본 기억이 있어 물었다. 바로 그 친구였다. 당시에는 멀찌감치서 얼굴만 봤던 것 같다. 그런데 인상이 퍽 좋았다. 물론 큰 사업을 한다. 단돈 80만 원으로 사업을 시작해 현재 몇천억 원의 매출을 올리고 있다. 더 이상 무슨 말이 필요하겠는가. 인터넷을 치면 그에 대해 수없이 많은 기사가 올라온다.

워크숍에서 저녁을 하는데 마침 그 친구가 내 앞자리에 앉게 됐다. 먼저 통성명을 하고, 명함을 주고받았다. 나는 기자 대신 작가 명함을 건넸다. 물론 짧게나마 그 경위를 설명했다. 친구 역시 명함을 건넸다.

"한국 경제의 5퍼센트를 책임지겠습니다."

명함에 뚜렷하게 새겨진 친구의 목표다. 그만큼 자신 있다는 얘기이기도 하다. 우리 둘은 금세 마음이 통했다.

"어렵게 회장님, 작가(기자)님 하지 말고 친구로 지내세."

흔쾌히 동의했다. 그 다음부터는 일사천리. 바로 남자의 세계다.